KB039823

오늘도 귀여운 내향인입니다

소심
백서

김시옷 그림에세이

소심백서
오늘도 귀여운 내향인입니다

초판 1쇄 발행 2023년 10월 31일

지은이 김시옷

책임편집 윤소연
마케팅 임동건 **마케팅지원** 안보라 **경영지원** 이지원

펴낸곳 파지트 **펴낸이** 최익성
출판총괄 송준기 **출판등록** 제2021-000049호

주소 경기도 화성시 동탄원천로 354-28 | **전화** 070-7672-1001
이메일 pazit.book@gmail.com | **인스타** @pazit.book

THE STORY FILLS YOU
책으로 펴내고 싶은 이야기가 있다면, 원고를 메일로 보내 주세요.
파지트는 당신의 이야기를 기다리고 있습니다.

오늘도 귀여운 내향인입니다

소심
백서

감사옷 그림예세이

들어가기 전에 내가 어떤 사람인지 일러둘 필요가 있다.

삐배꼼-

나는 만원 버스에서

정거장을 지나치는 사람

내려야 하는데...

식당에서

주문을 못 하는 사람

저... 저기

여기요~

네!

낯선 사람을 만나면 돌이 되고

하하하...

4

모임에선 그림자가 되는 사람

그렇지만 상대의 말을
오래도록 경청하고

혼자만의 시간을
느긋하게 즐기는 사람

나는 나인 채로

행복한 내향인입니다.

목차

Chapter 1

이건 몰랐지?

Chapter 2

가끔은 다른 길로

Chapter 3
내향인 충전소

Chapter 1

이건 몰랐지?

확신의 센터

단체 생활을 할 때

이래 봬도 센터는
줄곧 내 차지였다.

차량 뒷좌석에서

가운데

커-

커어-

침대에서도

반말은 어려워

나에겐 친자매 같은 사촌 자매가 있다. 두 살 터울의 언니, 한 살 아래 동생으로 우리는 기가 막히게 죽이 잘 맞았다. 나는 명절만 되면 사촌 자매가 보고 싶어 빨리 외가에 가자고 졸랐다. 또 방학이 되면 철새가 서식지 찾아가듯 이모네에 갔다.

어릴 적 나는 언니가 하는 모든 게 멋져 보였다. 언니는 슈퍼마리오 게임도 잘 하고, 짱구 게임도 잘 했다. 또 김치도 잘 먹고, 신 과일도 잘 먹었다. 나는 그런 언니를 닮고 싶어 졸졸 쫓아다녔고, 언니는 장녀 리더십을 발휘하며 우리를 진두지휘했다.

시골 외할아버지 댁에 갔을 때의 일이다. 그 동네 중

심엔 황소개구리가 잔뜩 모여 개굴대는 넓은 연못이 있었다. 우리는 곧잘 그곳에 가서 물수제비도 뜨고, 물속을 관찰하기도 했다. 추위로 연못이 꽝꽝 얼었던 어느 날, 나는 가장자리에서 발끝으로 얼음을 콩콩 찍고 있었다. 그런 내 옆을 지나 언니가 성큼성큼 걸어갔다.

"여기까지는 괜찮다."

얼음 위에서 언니가 환하게 웃으며 말했다. 그리고 그대로 물에 빠져버렸다.

"언니야! 언니야!"

어른들을 부르러 가야 하나, 뭐라도 던져서 언니를 구해야 하나 머리가 빙글빙글 돌았다. 이러지도 저러지도 못하고 애타게 소리만 지르던 그때. 언니가 발버둥을 몇 번 치더니 아무 도움 없이 얼음을 붙잡고, 쑤욱- 뭍으로 올라왔다. 단 몇 초 사이의 일이었다.

물에 젖어 김이 폴폴 나는 언니와 집으로 돌아갔다. 이모는 서둘러 언니의 옷을 벗기며 말했다. "위험하게 거기 들어가면 우짜노!" 그 와중에도 언니는 울지 않았다. 태연히 장작불에 몸을 녹일 뿐.

동생은 말랑말랑한 젤리 같았다. 언니들 등쌀에도 짜증 한 번 내는 법이 없었다. 자주 덤벙대고, 잘 넘어져서 다리가 늘 멍투성인데도 히히 웃는 긍정적인 아이였다. 선천적인 몸 개그에 힘입어 동생은 늘 우리의 웃음을 책임졌다. 본인도 그 역할을 즐기는 듯 매번 다양한 개그를 연구하고 선보였다. 백이면 백, 우리는 깔깔 웃으며 뒤로 넘어갔다.

당시 동생의 치과 진료지엔 이런 문구가 있었다. '침이 너무 많이 나옴.' 동생은 이 점마저 전략적으로 활용했다. 말을 하다가 침 한 방울을 톡 떨어뜨리는 것인데 의도적으로 한 건지, 저도 모르게 한 건지는 아직도 모르겠다. 아무튼 침으로도 우리 배꼽을 훔치는 타고난 웃음 사냥꾼이라는 건 분명했다.

구김살 없는 이 자매는 사교적이고, 다정했다. 낯선 사람들과 말을 잘 섞고, 한참 어른인 이모들에게도 살갑게 반말을 했다.

"이모야 그건 뭐야?"

"이모야 나도 해볼래"

이모들이랑 친구처럼 말하는 모습이 신기했다. 그게 어린 나의 눈에는 참 정다워 보였다.

반면 나는 뻣뻣한 나뭇가지 같았다. 어른들과 함께 있으면 어쩔 줄 몰랐고, 말을 할 때에도 깍듯했다. 자매들처럼 상냥하게 말을 걸고 싶은데 반말이 좀처럼 나오지 않았다. 그렇게 속으로만 끙끙 앓던 어느 날. 큰마음 먹고 막내 이모에게 반말을 시도하기로 했다. 엄마의 형제 중 가장 어리다는 나름의 계산도 있었다. 자─ 심호흡하고, 눈 꼭 감고.

"이모야"

그리고 이어진 말.

"이거 저기에 둘까… 요?"

이모네에서 지내는 동안에도 나는 매사 조심스러웠다. 물건을 쓰거나 음식을 먹는 등 사소한 일도 일일이 물어보고 허락을 받았다. 우리 이모나 자매들은 내가 뭘 하든 개의치 않는데 나 혼자 속으로 유난이었다. 예를 들면 컴퓨터를 쓸 때.

"언니야 내 컴퓨터 잠깐 해도 되나?"
"응? 당연하지!"

승인이 떨어지고서야 전원을 켰다. 반대로 이모네가 우리 집에 놀러 온 날. 사촌 자매들은 우리 엄마에게 보드라운 인사를 건넸다.

"이모야 우리 왔다."
"그래 얼른 들어온나."
물론 우리 엄마도 전혀 신경 쓰지 않았다.
"이모 오셨어요."
나만 이모를 의식할 뿐이었다.

수다가 무르익어 갈 즈음. TV를 보던 언니가 일어섰다.
"나 컴퓨터 할래."
그리곤 우리 집 컴퓨터 전원을 누르고, 게임을 시작

했다. 충격이었다. '허락 없이 써도 된단 말이야?' 당연히 된다. 전원을 누른다고 폭발하는 것도 아니니까. 하지만 당시 나에겐 놀라운 일이었다. '그냥 해도 되는 거였네!'

얼마 전, 그날 일이 생각나서 언니에게 말했다.

"엥? 내가 그랬다고?"

언니는 기억도 하지 못했다.

전화 눈치싸움

통화 중

네네~
알겠습니다.

통화가 끝날 무렵이 되면

그... 그럼
안녕히 계세요.

나의 소심함은
어김없이 발동된다.

...언제 끊지?

먼저 전화를 끊는 건
왠지 어렵단 말이지

냉정한 것 같아서
괜히 미안해

할 말이 남았는데
끊는 거면 어떡해?

그렇게 남몰래
눈치 싸움을 하는 것이다.

…

대구루루

수고하세요~

딸칵

휴…

그러나 상대방이 상담사분일 경우

고객님 좋은 하루
보내세요~

네~
고맙습니다.

싸움은 더욱 길어진다.

…   …

작전명 : 미용실

미용실에 갈 때도
각오가 필요하다.

돌격!!

안녕하세요~

어떻게
해드릴까요?

이... 이렇게

괜스레
죄송해짐

본격적인 대화가 시작되면

근처에 사세요?

머리는 왜
자르시는 거예요?

에고 빗이
잘 안 내려가네

평소에 관리
어떻게 하세요?

나의 목소리는 점점 땅속으로...

음... 따로
관리하는 건
없어요...

ㅎㅎ

행여 결과가
마음에 들지 않더라도

조금 더
짧았으면 좋겠는데...

마음에 드세요?

말하지 못한다.

네~ 좋아요

저벅

저벅

헤어

쿨쩍

질끈

내향인 친구들

친구를 안 만난 지
한 달이 넘었다.

오...

... 아무런 위화감이 없다.

> 난 정말
> 대단한 내향인이군

그러고 보니 나의 친구들은

 내향인

 내향인

 내향인

 내향적인
외향인

 내향인

아마도 다 같은 심정일 것.

> 보고 싶지만
> 나중에 봐도 괜찮아
> 멀리서도 널 응원한다

그렇지만 이런 나라도
늘 혼자가 좋은 건 아니다.

> ...

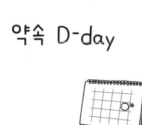

약속 D-day

친구들과 만나기로 했다.

< 그룹채팅 Q ≡

애들아~
우리 얼굴 좀 보자!

소집은 늘 이 친구가

< 그룹채팅 Q ≡

애들아~
우리 얼굴 좀 보자!

좋아 좋아!

다들 말은 잘 듣는다

얼마 만에
보는 거여~~

D-15

뭐 먹지~~

설렘

설렘

D-5

보자~~
그날 날씨가~~

이십년지기 루틴

나의 이십년지기 두 명은 각각 내향인, 내향적인 외향인. 우리는 평소에 잘 연락하지 않는다. 싸운 건 아니고, 멀어진 것도 아니고, 처음부터 그랬다. 셋이 모인 단톡방이 있는데 없는 것과 다름없다. 몇 개월간 안부도 모르고, 애인이 바뀐 줄도 모르고 있다가 느닷없이 카톡이 울린다.

"모일까?"

우리는 일 년에 한두 번, 1박 2일로 모인다. 나 포함 두 명은 서울, 한 명은 고향에 있어 다 같이 만나기가 쉽지 않다. 한참 전부터 연차를 맞추고, 몇 차례 일정이 불발되

고서야 친구들을 볼 수 있다.

자, 고향에 있는 친구가 서울까지 왔고, 우리에겐 어렵사리 성사된 1박 2일이 있다.

모처럼 콧바람을 쐬러 번화가로 간다. 먼저 SNS로 찾아둔 맛집에 가서 점심을 먹는다. 다음 코스는 자연스럽게 카페. 이른바 감성 카페에 가서 눈으로 즐기고, 입으로 맛보고, 사진도 남겨둔다. 이쯤이면 배도 부르겠다, 남은 일은 본격적으로 노는 것. 우리가 오래전부터 계획한 일정이 있었으니. 잔뜩 기대를 머금고 향하는 곳은!

자그마치 친구의 집이다.

애초에 그 번화가로 간 이유도 친구 집 근처이기 때문이다. 우리의 목적지는 처음부터 끝까지 집이었다. 모든 건 집을 더 만끽하기 위한 포석. 우리의 에너지는 몇 시간 동안 밖에 있는 것으로 동났기 때문에 집에 가기 딱 좋다.

들어가자마자 드러눕는 것으로 집과 인사를 나눈다. 그리고 하는 말.

"누가 먼저 씻을지 가위바위보 할래?"

편한 옷으로 갈아입고 나면 할 일은 딱 하나 남았다. 각자 핸드폰을 보는 것. 가끔 연예인 이야기를 툭툭 던지는 것 말고는 그다지 말을 섞지도 않는다. 호떡 굽듯 몸을 이리저리 굴려가며 서로 볼 일을 본다. 한참 뒤 밖이 어둑어둑해질 때쯤 누가 먼저랄 것도 없이 말을 건넨다.

"저녁 뭐 먹을래? 시켜 먹을까?"

기껏 모였는데 집에만 있어도 되나, 이럴 거면 서울에서 만날 필요가 있나. 그런 생각이 안 드는 건 아니다. 하지만 우리에겐 이게 최고의 재미이자, 행복이다. 서울의 풍경은 창문으로 보면 된다. 우리가 함께 있으니 무얼 더 바라랴. 그래도 일말의 부채감으로 내일은 꼭 어디라도 가자고 약속한다. 친구가 내려가기 전에 한 군데라도 들르자고.

물론 그 약속을 지킨 적은 단 한 번도 없다. 마치 짠 것처럼 셋 다 뒹굴뒹굴하다가 아점을 시켜 먹는다. 그리고 움직인 적도 없으면서 "아~ 움직이기 싫다"를 시전하고, 느지막이 친구를 서울역에 데려다준다. 작별 인사는 늘 이렇게.

"다음엔 꼭 뭐라도 하자."

미팅 준비

정녕 오고야 말았구나

중요한 미팅을 일주일 앞두고 있다.

...

가슴이 벌렁벌렁

...도망갈

순 없으니 수시로 그날을 상상해 본다.

1인 4역

모임 인원 별로
나의 역할은 막중하다.

10인 이상

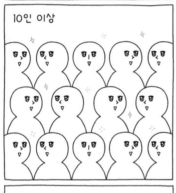

그림자

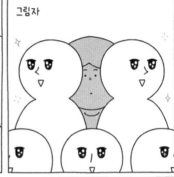

5~6인

리액션봇

와~~…

빵-!

짝

짝

내향인의 회식

대학생이 되면서부터 잦아진 회식. 인원이 10명 이상이라면, 거기다 친구까지 없다면 머릿속이 복잡해진다. '도대체 어디에 앉아야 덜 어색할까?'

일단 나의 타깃은 양 구석으로 한정된다. 사람들의 시선이 닿지 않는 내향인 안전지대라고나 할까. 중요한 건 테이블의 구성원인데 분위기 메이커가 적어도 한 명쯤은 포함되는 게 좋다. 그래야 말하는 노력을 덜고, 적절히 녹아들 수 있기 때문이다. 그렇다고 인싸만 있는 것은 곤란하다. 5분 만에 검은 머리가 파뿌리 될지도 모른다.

반면 내향인들만 있는 것도 어려움이 있다. 자고로 우리 내향인들은 친해지는 데에 지긋한 시간이 필요하다. 특히 회식 같은 큰 무대에선 입을 떼기가 더욱 힘들다. 다들 한마음으로 말을 삼키고, 멋쩍은 침묵이 흐른다.

만에 하나 구성원 조합에 실패했더라도 상심은 이르다. 분위기가 한껏 무르익으면 사람들이 테이블을 넘나들기 때문이다. '와… 저렇게나 쉽게 어울리다니?' 그저 감탄하며 대쪽같이 눌러앉아 있는다. 사람들은 나를 기준으로 돌고 돈다. 집에 가겠다는 말을 꺼내지도 못해서 자리를 끝까지 지키는 날이 많다.

직장 생활을 하면서도 회식은 힘들기 매한가지. 특히 노래방이라도 가게 되면 엎친 데 덮쳐서 메친 것까지 된다. 구석에서 박수는 잘 칠 수 있다. 리듬을 산산이 쪼개며 탬버린도 흔들 순 있다. 단, 사람들 앞에서 노래할 자신이 없을 뿐이다.

그러나 노래하라고 부추기는 사람은 꼭 있고, 야속하게도 그 사람은 늘 눈치가 없다. 만류 끝에 마이크를 잡는다. 실랑이하는 사이, 사람들의 기대는 오를 대로 올라 있다. 백 번의 연산으로 선곡한 노래. 떨리는 목소리로 첫 소절을 부른다.

… 나는 보았다.

사람들의 실망한 표정을.

그러니까 안 한다고 했잖아.

"시켜 놓고 시큰둥할 거면 왜 시켰어! 노래하고 싶어서 안달난 사람도 많은데! 부르고 싶은 사람만 부르지!"라고 말은 못 한다.

"우~~ 우~~"

애꿎은 노래만 구슬피 부르는 나.

업무 수행평가

다음 문제를 풀어보세요.

거래처 담당자에게
메일을 보냈습니다.

작업한 파일, 메일로 보냈습니다.
확인 부탁드립니다.

수신 확인은 했지만
아무 반응이 없습니다.

...

한참 뒤 도착한 메시지

네

여기에 숨겨진 의미는
무엇일까요?

?

정답은

아무 의미 없음

소심인의 업무 연락

~~~~~~

다음 문제. 업무 메일을 보낼 때 이모티콘을 써도 될까? 보내는 시간은 언제가 적당할까? 제안을 거절할 땐 어떻게 말해야 할까? 마무리 인사말은 뭐라고 쓸까?

정답은? 상황에 따라, 또 사람에 따라 다르다. 즉 나도 모른다는 얘기다. 세상에 쉬운 일 없다더니 메일 하나 주고받는 데도 고려해야 할 게 산더미다.

업무 연락을 할 땐 문구 하나하나 조심스럽고, 혹여 실수하지 않을까 매번 마음을 졸인다. 그나마 오래 알고 지낸 사람과는 암묵적인 선을 알지만 업무 연락은 새로운 사람과 할 일이 더 많다. 어떻게 하면 기분 좋게 소통할 수 있을까?

지금까지의 경험을 바탕으로 범용 기준을 정해보았다. 주의 사항은 검증되지 않은 기준이므로 다른 곳에 통하는지 알 수 없다는 것이다. 이른바 '소심인은 참고만 하시라 기준!'

첫 번째는 이모티콘. 업무 메일에는 이모티콘을 쓰지 않는 게 정석이라고들 한다. 나도 동의한다. 이모티콘을 쓰지 않으면 탈이 날 일은 없다. 그러나 이모티콘은 물론 이모지까지 다채로운 오늘날에 딱딱한 글만 쓰자니 몸이 근질근질하다. '부드러운 분위기를 위해 웃음 이모티콘 정도는 허용합시다'가 나의 기준. 나는 마지막 인사를 하고 간단히 웃는 이모티콘을 쓴다. 먼 옛날엔 ^^ 였지만 지금은 :) 가 되시겠다.

메신저를 주고받을 때엔 더 자유롭게 쓰는 편. 그때그때 마음을 담아 웃기도 하고, 울기도 한다. 캐릭터 이모티콘도 적극 활용한다. 받는 입장에서도 이모티콘, 이모지가 있으면 더 친근하다. 단, 이모티콘을 질색하는 사람이 있으므로 상대를 잘 봐가며 쓸 것.

두 번째는 연락 시간. '급한 용무이거나 답장일 경우 빨리할수록 좋다' '연락은 업무 시간 내에 하는 게 예의다' 이 정도가 일반적일 것이다. 다만 급하지 않은 일과 반대로 아주 급한 일일 땐 나만의 예외를 두기로 했다. 우선 급하지 않은 일. 9시 땡 하자마자 연락을 하는 게 어쩐지 미안하다. 출근 직후는 정신없을 텐데 하는 소심인의 노파심이 작동한다. 그래서 나는 일정이 여유롭다면 점심시간 이후에 연락을 한다. 맛있게 식사를 하고 나면 배도 마음도 든든할 테니 말이다. 반면 아주 급한 일일 경우엔 업무 시간 외에도 연락할 수 있다고 생각한다. 아니, 연락할 수밖에 없다가 정확한 표현일 것이다. 그러나 말 그대로 아주 급한 일이어야 하고, 극히 드물어야 한다가 전제다. 또 정중한 사과도 절대 빼먹어선 안 된다.

예전에 이른 아침이고, 늦은 밤이고 밥 먹듯이 연락하는 사람이 있었다. 심지어 미안하다는 말 한마디가 없었다. 거기다 자기 회사 일이 힘들다는 사담까지…. 결국 그 사람과는 오래 일하지 못했다. 이렇게 예시로 들 만큼 무시무시한 원한도 생겼다는 후문.

마지막으로 오탈자. '오탈자가 없는 게 이상적이지만 일상적인 연락에서는 있어도 이해한다'가 나의 기준. 이를테면 '봬요'를 '뵈요'라고 하는 것은 인간적이지 않은가. '봐ㅣ요' 여기까지도 급하면 그럴 수 있지 하고 넘어갈 수 있다. 이왕이면 쓴 글을 다시 읽고, 맞춤법 검사까지 한다면 좋겠지만.

내가 참을 수 없는 한 가지는 따로 있다. 바로 수신인 이름을 틀리는 것이다. 업무 제안 메일 중 가끔 이름을 틀리는 사람이 있다. 예컨대 '안녕하세요. 박인싸 님' 이런 식. 박인싸는 누구신지…? 그러니까 다른 사람에게 쓴 메일을 복붙한 것인데, 이름을 수정할 정성도 없는 사람과 무슨 일을 할 수 있을까.

다만 김지웅, 이시옷처럼 나를 알긴 아는데 약-간 잘못 알고 있는 경우는 애매하다. 그런 일은 여태껏 없었지만 앞으로 생긴다면… '괜찮다'가 나의 기준!

부둥부둥

나와 늘 붙어 있는 땅꼬마 1, 2

자존감   자신감

또 왜들 그렇게
기운이 빠졌어?

시무룩 —

오랫동안 어르고, 달래봤지만

너네가
최고라니까?

데롱

데롱

초콜릿 사줄까?

아님
한숨 잘래?

그다지 소용이 없었다.

얼씨구?

털썩 —

다이어트

사람이 많은 곳에 가면

아무것도 하지 않아도

기가 빠져나간다.

문득

쪼로록ー

내 기는
어디로 가는 걸까

멍 때리기 대회

멍 때리기 대회가 있다는
소문을 들었다.

오!

드디어 내 재능을
뽐낼 때가 왔다!

어디 보자...

90분 동안

어떤 행동도 아무 생각도 하지 않고
멍한 상태를 유지하는 것

그리고...

나가지 않기로 했다.

탁!

현장에서 대회를 관람한
시민의 투표...

결정적으로

1등을 하면 방송에 나간다.

어...
음...?

멍 때리기 대회 우승자

쳇, 봐줬다

전격 데뷔

나도 방송을 탄 적이 있다. 때는 초등학교 5학년, 우리 학교에 동요 대회 출전 바람이 불던 시기였다. 그 대회는 지역 KBS에서 주최하는 것으로, 매주 관내 어린이들이 몰려와 가창 솜씨를 뽐냈다. 당시 우리 반에는 포도알처럼 탱글탱글하고 꽉 찬 목소리를 소유한 친구가 있었다. 그 친구가 예선을 통과하고, 방송을 탄 이후로 너도나도 도전하기 시작했다. 너도나도에는 나도 포함되어 있었다.

솔직히 말하면 대회에 나갈 실력은 아니었다. 음정, 박자만 얼추 맞출 줄 알았는데, 그게 문제였다. 나는 그 정도면 잘하는 줄 알았다. 아무도 말리지 않은 걸 보면 주변 사람들도 그렇게 생각한 게 틀림없다. 사이좋게 분간하지 못한 것이다.

똥배짱을 탑재하고, 예선장으로 나섰다. 그리고 나의 자신감은 KBS 정문에 들어서자마자 볼품없이 쪼그라들었다. 로비가 왜 이렇게 큰지. 또 대기실 공기는 왜 그렇게 차가운지. 심사위원 앞에 섰을 땐 긴장감에 정신을 차리지 못했다. 마치 고양이 앞의 병아리처럼 벌벌 떨면서 노래를 불렀다. 그러나 목청만큼은 장닭 같아서 "꼬끼오~~~" 갈라지는 목소리로 안간힘을 썼다. 안 그래도 미달인 실력이, 긴장까지 하니 제 실력도 되지 않았다. 당연히 결과는 탈락.

비극은 여기서 끝나지 않았다. 이쯤이면 포기해야 하는데 하필 같이 간 친구가 붙어버렸다. 당당히 방송까지 탔다. 패잔병의 심정으로 TV 속 친구를 보았다. 참을 수가 없었다. '내가 있어야 할 곳은 저기야!' 질투에 불타서 도저히 포기할 수 없는 상태가 되고 말았다.

겁 없이 두 번째 도전을 감행했다. 여전히 방송국은 무섭고, 심사위원은 냉랭했다. 그러나 이 몸은 이미 탈락을 맛본 경력자. 더 잃을 것도 없었다. 에라 모르겠다는 심정으로 주먹을 꽉 쥐고 열창했다. '저번보단 괜찮아!' 끝났을 땐 확신까지 들었다. 나의 발버둥에 심사위원이 감복한 걸까. 아니면 내 기세에 눌린 걸까. 여하간 커트라인에 들 만큼은 되었는지 합격을 했다. 드디어 방송 출연을 하게 된 것이다.

시청률이 콩만큼 작은 프로그램이지만 우리 식구들은 경사가 났다. 시골 큰이모까지 옷을 사 입으라며 협찬을 해 주셨다. 덕분에 갈색 바탕에 자잘한 줄무늬가 수놓인 새 티셔츠를 장만했다. 목 관리를 위해 따뜻한 물만 마시고, 목을 손수건으로 싸매며 살뜰히 관리했다.

대망의 녹화 날. 변명부터 하자면 컨디션이 안 좋았다. 정말 조심했는데도 목이 잠겨 버렸다. 하필 내가 부른 <오솔길>이라는 동요는 음역대가 만만치 않은 곡.

"꼬불꼬불-!! 오-솔길 마냥 걸어-!! 갑-니다"

철봉에 매달리듯 고음에 매달려 배치기로 턱을 찍었다. 음 이탈까지 나진 않았지만 서문탁 언니 같은 허스키한 록 창법을 구사하고 말았다. 동요인데…. 심사위원 선생님도 그런 내가 안쓰러웠는지 "목 상태가 좋지 않아, 역량을 다 발휘하지 못한 것 같다"는 심사평으로 심심한 위로를 해 주었다. 나의 애처로운 몸부림은 고스란히 TV로 송출되었다. 엄마는 그 모습도 자랑스러웠는지 비디오테이프에 녹화까지 해두셨다. 나의 흑역사가 박제되고 말았다.

녹화 테이프는 우리 집 어딘가에 잠들어 있다. 인생 첫 방송 출연이라 차마 불태우지 못했다. 아마 마지막이기도 할 테니, 영원히 보관할 예정이다. 보지만 않으면 된다. 어차피 비디오 플레이어도 이젠 없다.

기업 인재상

오늘날 기업이 요구하는 인재상

1. 책임의식
2. 도전정신
3. 소통과 협력
4. 창의성
5. 원칙/신뢰

자신 있는 것도,
없는 것도 있다.

1. 책임의식

내가
한 책임 하지!

2. 도전정신

도전 '정신'은
있다고!

3. 소통과 협력

이미 들을 준비

4. 창의성

참 쉬울... 걸요?

5. 원칙/신뢰

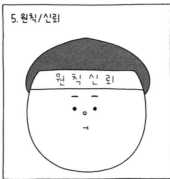

원칙 신뢰

하지만

원칙 신뢰

잘 하는 것도 말하지 못하고

나만 아는 게 유감이다.

덜 덜
덜
덜 덜
덜

딸꾹

알바봇

소싯적 했던 아르바이트는

대부분 서비스직

좀처럼 적응하기가 힘들었다.

어서 오세요

목소리 더 크게!
밝게 웃어주세요!

어, 어서 오세요...!

질끈

나는
안 되는 걸까...

알바 연대기

나의 대학 시절을 한 단어로 요약하면 '알'로 시작해서 '바'로 끝난다. 식당 서빙, 영화관 매점, 예식장 웨딩 도우미, 카페, 편의점, PC방, 냉장고 공장, 콜센터, 모델하우스, 재고 조사… 생계를 위해 안 해본 것 빼고 다 해봤다. 그러나 이 화려한 이력에도 불구하고, 아르바이트는 도통 익숙해지지 않았다. 그 시절 내가 할 수 있는 일은 서비스직이 대부분이었기 때문이다.

어디서든 해야 할 일은 무난히 했지만 그 이상을 하진 못했다. 예를 들어 매뉴얼대로 시키는 건 다 했다. 손님이 들어오면 인사하고, 정중하게 응대하고, 필요한 서비스를 제공하는 것. 여기서 그 이상이라 함은 인사는 했지만 쩌렁쩌렁하게는 못 했다는 것이다. 보통 식당에 가면 종업원이 큰 소리로 환대하지 않는가. 나는 그건 못 했다. "어서 오세요~!!!" 누군가 우렁차게 선창을 하면 "어서 오세요오오…" 메아리처럼 희미한 인사를 했다. 또 응대는 해도 단골에게 넉살을 부린다거나 손님에게 부드러운 대화를 건네진 못했다.

영화관 매점에서도 마찬가지였다. 내가 일할 때만 해도 두 가지 규칙이 있었다. 첫째, 생기를 위해 입술을 빨갛게 칠할 것. 둘째, 인사할 때 유치원 선생님이 율동하듯 양손을 반짝반짝 흔들 것. 이 모든 걸 하긴 했다. 하지만 점장님이 원하는 것처럼 립스틱을 진하게 칠하진 못했다. 점장님은 새빨간 사과만큼을 요구했지만 발그레한 복숭아만큼이 나의 한계였다. 반짝반짝 율동도 외향적인 친구들처럼 빠르고 힘차게 하진 못했다. 그런데 워낙 인상적인 동작이다 보니 더러 나를 따라 하는 손님이 있었다.

"반갑습니다~ 주문하시겠습니까?" 반짝반짝

"네 안녕하세요~" 반짝반짝

그 손님은 외향인이 틀림없다.

여기에 영업까지 얹어지면 더 골치가 아프다. 내가 몸담았던 카페는 경쟁이 심한 골목 상권에 있었는데, 인지도가 낮아서 전단지를 돌리고 샘플 음료를 나눠주는 호객 행위도 해야 했다. 사장님은 내가 의욕적으로 어필하길 바랐다. 하지만 염소처럼 "한번 드셔보세요~~(음메에에에에)" 소리치는 게 나의 최선이었다. 그마저도 고통스러워서 전단지든 음료든 다 집어던지고 집에 가고 싶었다. 물론 동이 날 때까지 나눠주고 매장으로 돌아갔지만.

휴학했을 때 일했던 편의점에선 나의 아르바이트 경력을 높이 사 주었다. 직급을 올려 매니저 일을 맡긴 것이다. 안 그래도 되는데…. 그 편의점은 공장 단지에 있는 구내매점 같은 곳으로, 매출을 올리기 위해선 경리분들과 친해지는 게 관건. 대형 마트나 인터넷에서 살 물건을 우리 편의점에서 구매하도록 영업을 해야 했다. 계산도, 재고 관리도, 매장 청소도 다 자신 있었다. 하지만 단 하나. 영업만은 형편없었다. 경리분들은커녕 단골손님과도 거리를 뒀다. 굳이 그럴 것까지 있나 싶지만 마음대로 되는 게 아니었다. 가까이 다가오면 그만큼 멀어지고 싶은 게 나의 본능이라고나 할까.

비대면이라고 다를 것도 없었다. 한번은 전화로 핸드폰 기기 변경을 영업하는 일명 콜센터 아웃바운드 아르바이트를 해보았다. 교육도 열심히 받았고, 돌발 상황에 대응할 수 있는 지침도 꼼꼼하게 익혔다. 그러나 다짜고짜 욕을 들어보면 알게 된다. '아~ 지침은 부질없구나.' 내가 일했던 사무실에선 커다란 화이트보드에 실적을 적어놓고, 매일 그 내역을 상기시켰다. 밥값을 하려면 못해도 하루에 한 건은 올려야 했다. 굳이 싫다는 사람 바짓가랑이를 붙잡고 사정사정했다. 나중엔 통화 연결음만 들어도 심장이 벌렁벌렁 하고, 상대방이 전화를 받자마자 전화를 끊고 싶었다. 결국 얼마 버티지 못하고 나가떨어졌다.

아르바이트는 나와 맞지 않다고 판단했다. '어쩌면 이 세상 모든 일이 다 안 맞는 거 아닐까'라는 생각을 하며 모델하우스 카페에서 일하던 어느 날. 사무 보조 아르바이트생이 갑자기 그만두는 바람에 내가 부랴부랴 대타로 들어가게 되었다. 그리고 엑셀에 정보를 입력하는데…

선임이 내 옆에서 입을 헤— 벌리고 섰다. 이렇게 빨리하는 사람은 처음 본다고 했다. 그 소식에 사무실에 있던 사람들이 몰려들었다. 모두들 이제 일손을 덜겠다며 기뻐했다. 나는 손을 바삐 움직이며 생각했다. '다들 제자리로 돌아갔으면.' 그렇게 나는 사무실 에이스가 되었다.

이후 다른 리서치 회사에서도 사무 보조로 일한 적이 있었다. 그곳에서도 나의 활약은 대단했다. 보통 하루 종일 할 일을 나는 몇 시간이면 다 했다. '혼자 알아서 할 일 하는 환경에는 내가 잘 맞는구나'라는 깨달음을 얻었다. 고용주는 정직원이 될 생각은 없냐며 나를 붙잡았다.

"이제 학교에 가야 해서요."
이 말만을 남긴 채, 나는 유유히 그곳을 떠났다.

착한 사람

사람들이 날 두고
흔히 하는 말

시옷이는
참 착해~

넌 착한 사람이야
흥흥

착한 사람이라...

어쩐지 기분이 나빴다.

내가 고리타분하고
재미없다는 말일까?

사실은
만만하다는 뜻?

띠링~

지이잉―

?

팔랑

팔랑

말도 안 돼

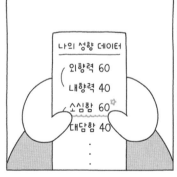

나의 성향 데이터

외향력 60

내향력 40

소심함 60

대담함 40

토닥

토닥

너는 왜 말이 없어?

나를 비난하는 것도 아닌데 듣기 싫은 말이 있다.

"너는 왜 이렇게 말이 없어?"

딱히 할 말이 없을 뿐인데 왜 말이 없냐고 하면 더 할 말이 없어지는 기적의 질문. 말한 이의 의도를 미루어 짐작하면 이 정도가 아닐까. '너는 왜 듣고만 있니? 원래 말 수가 적은 거니? 다른 친구들은 적극적으로 얘기하는데 너도 말 좀 해보지 그러니?' 어떤 자리에서든 누구에게든 흔히 들어온 말이다.

"어… 그게…"

보통 기습적이기 때문에 말문이 막힌다. 기억 창고를 뒤져봐도 시원하게 답했던 장면이 떠오르지 않는다.

가여운 그때의 나를 대변하자면 말이 없는 이유는 상황에 따라 다르다. 대표적으로는 나 말고도 말할 사람이 많아서 굳이 거들지 않는 것이다. 말과 말 사이에 끼어드는 건 큰 공력이 필요하다. 특히 에너지를 발산하는 유형의 사람들과 있을 경우, 자리라도 보전하려면 말하는 힘도 아껴야 한다.

어떤 때엔 진짜 할 말 없게 만드니까 말하지 않는 경우도 있다. 대꾸할 엄두도 나지 않는 무논리 말에는 무응답이 답이다. 간단한 예로 "라떼는 말이야~"와 "요즘 애들은~"으로 시작하는 말을 들 수 있다. 그럴 땐 그저 그윽한 눈빛을 보낸다. '당신이랑 말 섞고 싶지 않아요~~' 부디 텔레파시가 통하길 바라면서.

마지막으로 좋은 사람들과 있음에도 선뜻 입이 떨어지지 않을 때가 있다. 내가 말을 하면, 높은 확률로 더듬거나 요점을 뱅뱅 돌거나 재미가 없다. 이 셋 중 하나는 웬만하면 하고, 둘이나 셋 다하는 확률도 낮지 않다. 옛말에 침

묵은 금이라고 했던가. 금을 머금으면 적어도 본전은 하겠지라는 마음으로 말을 줄이는 것이다.

지금 왜 이렇게 말이 없냐는 질문을 듣는다면 "제가 원래 말하는 것보단 듣는 걸 잘합니다" 정도의 능청은 떨 수 있을 것 같다. 물론 상상에서나 가능한 일로, 진짜 그 질문을 듣는다면 어떻게 될지 모르겠다. 그러나 그동안 묵언수행을 하며 깨달은 것이 하나 있다. 침묵이 능사는 아니라는 것. 해야 할 말을 하는 건 금보다 귀한 다이아몬드다.

말을 많이 하지 않아도 된다. 어눌해도 괜찮다. 다만 꼭 필요한 말은 해야 한다. 그게 모두를 위해서, 특히 나를 위해서 중요하다.

집순이 일타강사

장기간 집순이 체제에
돌입한다면

준비할 것은

볼것, 먹을 것

이 두 가지만 있다면
두려울 게 없다.

단, 돌발 상황이 발생할 수 있는데

당황하지 말고
이렇게 대처합시다

집에만 있어서 답답하다면?

여기까진가...

창문을 연다.

밖이 안이고
안이 밖이로다~

누가 날 찾는다면?

우리 다 모였는데
나올래?

움칫!

그때만 잠깐 아플 것

감기몸살이...

콜록

콜록

콜록

볼거리가 떨어졌다면?

벌써
완결이야?!

다른 볼거리를 본다.

완결은 또 다른 완결로
치유하는 것

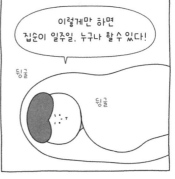

이렇게만 하면
집순이 일주일, 누구나 할 수 있다!

딩굴

딩굴

신비로운 내향인

나 외향인 시옷

내향인 시옷이 부러울 때가 있다.

힐끗-

월	화	수	목	금	토	일
약속	약속	약속	약속	약속	약속	약속

야~~!!!   꺄~~~!!

나만의 시간이 필요해

약속 없는 날

근질   근질

근질

뭐 하지?

혼자서도 의연한 내향인이 대단하다.

늘 혼자네...

앗 이 말은
하지 말걸

!

신중하고 과묵한 내향인이 멋있다.

신비로운
내향인...

살려주세요

MBTI 명탐정

대 MBTI 시대

자칭 MBTI 탐정이 급증했는데

MBTI 맞춰볼까?

너 ENTP지?

그중 한 명이 나였다.

너의 MBTI는 바로...!!

나는 특히 I(내향), E(외향)를
잘 알아맞혔는데

너 I 맞지?

보나 마나
E야~

내 추리가 간혹 틀릴 때도 있었다.

아?

휘청-

목소리가 엄청 크고,
발이 넓은 친구 1

조용하고, 잘 나서지 않는 친구 2

나의 오답을 탐구해 보았다.

오답 노트 1
I이지만 사회성을 잘 꺼내 쓰는 사람

오답 노트 2
I와 E의 경계에 있는 사람

무엇보다

내향, 외향성을
무 자르듯 자를 순 없는 것이었다.

시끄러운 I가 있는 반면

조용한 E도 있고

여행을 좋아하는 I도 있는 법

물론 나를
E로 예상하는 사람은 없었다.

멋있어

20대에는
내가 내향적이라는 걸 몰랐다.

시웃아 이것 좀
사람들한테 나눠줘

네!

그저 스스로가 답답하고

저... 저기
이거...

원망스러웠을 뿐이다.

이게 뭐라고
말이 안 나오는
거야...?!

아니 어렴풋 눈치챘지만
인정하기 싫었던 걸지도

이거 가져가세요...~

내향적인 건
멋이 없다고 생각했다.

...

Chapter 2
가끔은 다른 길로

내향인의 기본값

타인과 함께하는
매 순간이 어렵다.

모르는 사이는 물론

알던 사이도 예외 없다.

심지어 온라인에서
댓글을 다는 것도 고민스럽다.

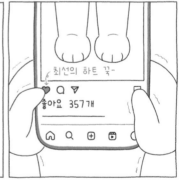

그러나 나는
멀쩡히 잘 먹고 잘 살고 있다.

매 순간

가... 간다-!

용기를 내기 때문이다.

띠링!

깨알 같은 용기를
힘껏 쥐어짠다.

감사합니다~

그러니까 나 같은 내향인에게
용기는 기본값이란 말씀!

우리 내향인은
정말 대단한 사람들이다.

내향인의 속도

나는 시작이 느린 편이다.

걱정이 많은 탓에
지레 겁부터 먹는다.

내가
할 수 있을까?

성급한 걸지도
몰라

만약 실패하면?

출발도 못 하고 도망친 때가
얼마나 많았던지.

난 안돼...

그러나 최근 깨달은 것이 있는데

나는 시작만 하면

벌컥

벌컥

어떻게든
끝을 본다는 것이다.

탕-!

고민하는 동안
용기를 예리하게 갈고닦았거든

화르르

이제부터 시작하는 것에
온 힘을 쏟기로 했다.

나머지는 나의 묵근한 책임과
끈기에 맡기면 된다.

타닥

타닥

묵묵히 역전하는 게
진짜 멋있는 거야

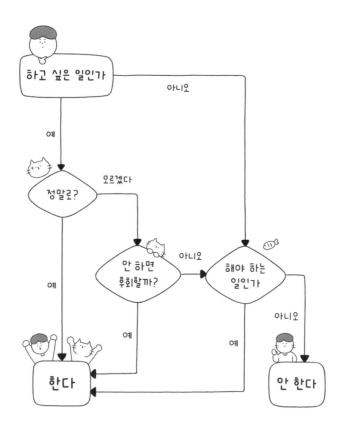

생각 신호등

밤낮없이 생각을 달고 산다. 누구나 그렇겠지만 나는 그중에서도 생각이 많은 편이다. 이렇게 쓰면서 또 다른 생각을 하고 있으니 말이다.

생각이 많은 건 얼핏 따분해 보이지만 그 반대다. 생각이 꼬리에 꼬리에 꼬리털까지 물면 지루할 틈이 없다. '꼬리⋯?' 우리 집 냥이 옹심이의 꼬리가 떠오른다.

'옹심이는 꼬리 만지는 걸 싫어하지. 하지만 오동통한 꼬리를 외면하는 건 귀여움을 존경하는 나로선 쉽지 않은 일이야. 털 끝만 살짝 만지면 모를 거 같은데? 뭐 알아채도 괜찮아. 와이퍼처럼 휙휙 움직이는 것도 재밌으니까. 고양이 꼬리는 별개의 생명체 같아. 움직임을 관장하는 조종사가 있을지도? 조이 스틱을 연결해서 마구 흔드

는 거지. 미니언즈처럼 생기지 않았을까? 분명히 귀여울 거야. 나도 조종실에서 같이 놀고 싶다.'

이쯤 되면 생각이 많다는 걸 자랑스럽게 여길 지경이 된다. 이왕 많을 거 이 정돈 돼야지, 암! 하고 으쓱해진다고나 할까. 하지만 넘치는 생각이 힘에 부칠 때도 있다. 쉬고 싶을 땐 이만큼 성가신 것도 없다. 또 그게 부정적인 방향일 경우, 큰일이 난다. 어떻게 가든 결국 지구 멸망까지 가야 끝이 나니 말이다.

가장 안타까운 건 생각이 생각에서만 멈추는 것이다. 행동으로 옮겨지지 않는 생각은 아무런 힘이 없다. 옹심이 꼬리를 만지든 글로 쓰든 뭐든 해야 한다. 실천하지 않는 생각은 자기 위안일 뿐이다. 그걸 나도 알고, 생각도 알고 있다. '생각할 시간에 움직이자'라고 생각만 하는 게 문제지만.

뭉게구름처럼 생각을 몰고 다니던 어느 주말. '생각하지 않아도 괜찮은 날이 하루쯤 있어도 되지 않을까?' 햇살이 비쳤다. 붙잡고 있던 일을 잠깐 내려놓기로 했다.

단숨에 생각을 멈추기는 쉽지 않았다. 아예 끊는 건

불가능할지도. 다만 흐르는 생각을 굳이 붙잡지 않았다. 특히 무게가 나가는 것만큼은 부채질을 해서라도 흘려보냈다. 산책하며 산들산들 춤추는 잎사귀를 본 날. 한강 공원에 걸터앉아, 강물을 보며 멍 때린 날. 침대에 누워 고양이의 고롱고롱 숨소리를 들은 날. 생각하지 않아도 괜찮은 날이 소복이 쌓여갔다. 비로소 여유가 찾아들었다.

이번엔 생각을 곧장 실행해 보기로 했다. 일단 하고, 마저 생각하는 걸로 시차를 두는 것이다. '이제 추워졌으니 여름옷을 정리해야 하는데?' 옷장을 열었다. '그림 연습도 해야 할 텐데?' 스케치북을 꺼냈다. 행동을 등에 업은 생각은 단단했다. 생각이 건강한 방향으로 순환했다.

'오호라!' 이 많은 생각과 더불어 사는 법이 톡 튀어올랐다. 혼잡한 생각 한복판에 신호등을 설치하는 것이다. 평소엔 초록불을 켜 놓고 생각을 통행시킨다. 벅찰 때는 빨간불을 켜서 잠깐 멈춘다. 주황불을 이용해 미리 귀띔을 해주는 것도 좋은 방법. 생각이 가야 할 방향은 화살표로 알려주고, 느린 생각은 보행자 신호로 보호해준다. 이렇게 수신호를 하면 24시간, 생각의 출퇴근도 문제없는 것이다.

삼십 대 내향인

삼십 대 내향인으로서
안팎으로 겪고 있는 변화

나의 마음은
예전보다 편해졌다.

그간의 경험 덕분에

깨알 같던 용기가
무려 콩알만 해진 것

그러나 바깥의 허들은
전보다 높아졌는데...

새로운 사람을 만나는 게
어렵고

에에? 소모임에
나이 제한이
있다고?

사회의 틀도 부담스럽다.

삼십 대면
안정적인 삶을
가꿔야지

결혼도 하고~
아기도...

그래서 요즘 내가 하고 있는 건

... 똑같습니다?

삼십 대라고 해서
달리해야 할 건 없다.

내 나이가
어때서~ ♪

하던 대로
조용히 내면을 다지고

슥-

슥-

용기 내어
기웃기웃 끼어들면 된다.

완성-!

있는 그대로

과거엔 외모에 집착했던 나

꼭 렌즈를 끼고 →
화장을 해야 외출함

팡
팡

남들의 시선을 의식하고

힐끔

시도 때도 없이 외모 자평을 하며

왜 이렇게
생겼냐...

스스로를 괴롭혔다.

지금은

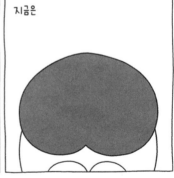

있는 그대로 산다.

나갈 일이 없기도 하고

ㅋㅋㅋ

모자를 눌러쓰면
안 보이기도 하고

...

이대로
괜찮기 때문이기도 하다.

결정적으로 삼십 대가 되고
깨달은 것이 있었으니

사람들은 나에게
관심이 1도 없어

옷은 날개

SNS를 보다가 마음에 쏙 드는 옷가게를 발견했다. 나에게 코디를 그대로 붙여 넣고 싶은 정도였다. '올가을, 겨울옷은 여기서 장만해야지.' 매일 올라오는 게시물을 보며 단단히 별렀다. 당장엔 쇼핑할 구실이 없었지만 명분만 생기면 지갑을 쏴버릴 각오였다.

전파가 닿은 것일까. 곧 짠 것처럼 중요한 일정이 생겼다. 그럴 때엔 늘 뭘 입어야 할지 머리를 싸매기 마련. 하지만 이번엔 달랐다. 미리 점찍어둔 옷이 있었고, 그걸 입고 나가는 것까지 그려뒀다. 온라인에서 살 수도 있지만 기왕이면 직접 입어보고 싶었다. 그 옷가게는 따로 매장이 없고, 예약을 통해 사무실을 방문하는 형식이었다. 약속한 시간만큼은 오로지 나를 위한 옷가게.

상점에 가는 건 언제나 나에게 큰 장벽이었다. 직원이 다가오면 그 즉시 도망가기 일쑤. 옷을 입어보는 것도 편치 않았다. 양껏 입는 것은 송구스럽고, 독특한 옷은 입어보기도 전에 포기했다. 하지만 이곳은 사장님과 나 외엔 아무도 없었다. 시간도 넉넉히 확보되어 있으므로 마음을 놓을 수 있었다.

사무실에 들어서자마자 눈이 돌아갔다. 옷들이 하나같이 내 취향이었다. "천천히 둘러보시고 마음에 드는 옷은 다 입어 보세요." 사장님이 다과를 내어주며 말했다. 나는 조심스레 공간을 살폈다. '우선 문의했던 옷을 입어 보고, 그다음엔…' 개중에 눈길이 가는 옷들을 추렸다. 그것만 해도 다섯 벌이 넘었다.

사장님은 코디를 추천하며 착장을 북돋웠다. 폴라티 하나로도 니트, 카디건, 재킷까지 다양하게 응용할 수 있었다. 색상도 검은색, 회색, 흰색부터 노란색, 초록색, 분홍색까지 다채로운 배합을 시도했다. 그중 내가 소화할 수 있는 선을 생각하며 구매 목록을 정리했다.

그때 사장님이 재킷 한 벌을 들고나왔다. 멋스러운

광택에 품이 넉넉한 붉은색 가죽 재킷. '흡!' 들켰다. 실은 그 옷이 궁금했었다. 다만 그런 옷은 입어본 적 없었기에 시도할 엄두도 못 냈다. 수수한 나에겐 과할 것 같고, 당연히 어울리지 않을 거라 믿었다. 그런데 마음이 무장 해제되어 있을 때 딱 갖고 온 것이다. 작은 불량이 있어 30% 할인까지 한다고 했다. '사장님 프로구나.' 안 입어볼 재간이 없었다.

재킷을 걸치고, 거울을 보았다. 찰떡같았다. '나도 이런 옷 잘 어울리네.' 처음 알았다. 기세를 몰아 그 재킷에 어울리는 초록색 카디건, 초록색 바지도 추천받았다. 평소엔 입지 않던 스타일. 내 모습을 보니 마음이 부풀어 올랐다. 결국 붉은색 가죽 재킷도, 초록색 카디건과 바지도 다 장만했다. 사장님은 함께 신으라며 보라색 양말을 덤으로 주었다. 집으로 가는 발걸음이 가벼웠다. 폴짝폴짝 뛰며 노래까지 흥얼거렸다. '옷이 날개라더니 다름 아닌 마음에 날개를 달아주는구나!'

애초에 사려던 건 무채색 티셔츠와 니트였다. 어디에나 받쳐 입기 쉬운 옷. 내 옷장에는 그런 옷들로 가득했다. 무난하고 튀지 않는.

그러나 언제나 시선이 머무는 곳은 알록달록한 옷이었다. 장바구니를 보면 꼭 그런 게 껴 있었다. '너무 눈에 띄지 않을까? 더군다나 이 나이에 입기는 좀?' 매번 결제로 이어지지는 않았다. 그렇게 내 취향을 외면한 것이다.

붉은색 가죽 재킷은 교복처럼 잘 입고 있다. 그 옷을 입고 나가면 처음 옷을 살 때처럼 흥이 난다. 당연히 쳐다보는 사람은 없다. 어디까지나 내 기준에서 튀는 거지, 모두가 놀랄 만큼 새빨간 것도 아니다. 대충 보면 어두운 갈색으로 보일 정도. 그러나 새빨갛더라도 괜찮았을 것이다. 사람들은 내 생각보다 훨씬 바쁘다.

인생네컷

인생네컷을 찍으러 왔다.

사진은 쑥스러운데...

나 이거 쓰고 찍을래!

난 이거!

나도 이왕이면 뽐내고 싶어

응기!

뭐가 좋을까...

고심 끝에 아이템을 골랐다.

부스럭

부스럭

헉! 시옷아!

이거지

찰칵

찰칵

어쩌라고

● REC

내향적이라고 해서
주목받고 싶지 않은 건 아니다.

BOOK
STORE

나인 걸 몰라도

나인 건 알았으면 좋겠다.

슬~쩍

브이로그 계획도 세워두었다.

나의 공간에서 좋아하는 일을

당연히 얼굴은 가린다.

그러나 무심한 척
티를 툭-툭-

옹심아~

날 쉽게 찾을 순 없을 것이다.

김시옷

김시온

김시온의 기타교실

김시온 기자

김시옷

김시옷

VLOG 여행 일기

김시옷

김시옷

스치옹심집사 내향인 김씨
구독자 1명

롤 친구

성공하려면 롤 모델을 찾는 게 중요하다고들 했다. 그런 법이 있는 건 아니지만 성공한 사람들이 그렇게 말하니, 웬만하면 지키는 게 나아 보였다. 평소 내가 닮고 싶었던 사람들을 떠올렸다. 그런데 하나같이 외향적인 것 아닌가. 나와 성향이 비슷한 롤 모델이 좋다는데. 이것 참 난감했다.

나는 내향적이지만 암암리에 알려지고 싶은 욕구가 있다. 소심하지만 승부욕이 강하고, 모험심도 있다. 안타깝게도 나의 롤 모델들은 여기서 내향적과 소심만 쏙 뺀 사람들이었다. 게다가 대놓고 알려진 인물들. 내가 저들과 같은 방식으로 성공할 수 있을까? 금세 주눅이 들었다. 기본적으로 대중 앞에 나서는 걸 즐기고, 말하는 게 좋다는데 나는 기본이 안 되어 있었다.

　그래도 포기할 순 없었다. 딴 건 몰라도 성공은 해야 하니까. 나는 내향적인 롤 모델을 찾아 헤맸다. 그 무렵 의외의 소식을 들었다. 세상에나 국민 MC 유느님이 내향인이란다! 탱탱볼 같은 게스트들을 휘어잡고, 대한민국에서 가장 말을 잘 하는 유느님이 동족이었다! 뿐만 아니라 나와 MBTI가 똑같은 유명인 중에 애정하는 아이유 님이 있었다. 물론 성향이라는 게 100명이면 100명 다 다르다는 건 안다. 알지만 내향적인 유느님과 아이유 님의 존재는 나에게 한 줄기 희망이 되었다. 우리도 가능하다!

　그 뒤로 나와 비슷한 분야에 있는, 이를테면 프리랜서 작가, 크리에이터분들 중에 내향인을 찾아다녔다. 이번에도 내가 구독하는 사람들 대부분은 외향인이었다. 하긴 프리랜서로 먹고살려면, 특히나 잘 먹고 잘 살려면 나를 드러내고 알리는 것이 중요했다. '그런 면에선 외향인이 유리하지.' 내가 좋는 사람들이 외향적인 것도 이해가 되었다. '그러고 보니 내향인들은 곳곳에 숨어 있겠구나.' 나와 비슷한 성향이면 더욱이 찾기 힘들 것. 곤란했다. 나처럼 내향적이고, 소심한 롤 모델을 찾는 사람도 있을 텐데.

　어쩔 수 없었다. 나라도 나대보자는 결심이 섰다. 이런 나라도, 아니 이런 나니까 하고 싶은 거 다 하고 살면 용기가 되지 않을까? 누군가의 롤 모델까진 아니더라도 롤 친구 정도는 될 수 있다고 생각했다.
　물론 어디 가서 말은 못 했다. 아직 성공도 못해서 나를 찾으려면 굉장히 힘들 것이다. 이 책을 읽는 사람들에게 알리는 것이 지금으로선 최선이다.

　"하지만 독자 여러분! 약속하겠습니다. 분발해서 조용히 성공해 보이겠습니다!"

빼꼼 –

파이팅!

외향인에게

나에게 외향적인 사람은
늘 동경의 대상이다.

우와 처음 만난
사이 맞아?

그 사람과 친해지고 싶으면서

막상 다가오면 피하고 마는 나

시옷 님!

다음에
같이 가요~

네? 네네... ㅎㅎ

한 발짝 내딛지 못한 게
못내 아쉽다.

좀 더 용기를
내 볼걸...

...

사각

사각

저에게 스스럼없이 다가와 준
외향인에게

시옷 님
시옷 님~!!

당신의 활기찬 말에도
제가 덤덤한 건

오와
네 네

아까 보니까
시옷 님은~
… 하면
좋겠더라고요!

결코 관심이 없어서가 아니에요.

그것만 바꾸어도
괜찮을 거예요~!!

네 네

마음은 붕-붕- 날아다니지만
표현이 서툰 거랍니다.

고맙습니다

고마워요~!!
한 번 해볼게요!!

최고

최고

또 함께 하자는 제안을 거절하는 건

시옷 님 끝나고
같이 가실래용?

앗 저 오늘은
먼저 갈게요~

당신이 싫어서가 아니라

방전되어 충전이 필요한 거예요.

저에게 조금만 시간을 주세요.

저는 당신을 좋아합니다.

정말로요.

은이 언니

홍대에 있었던 독립서점 '책방무사'에 송은이 언니가 일일 점원으로 온다는 소식을 들었다. 은이 언니가 누구인가! 김숙 언니와 함께 나의 백수 시절을 웃음으로 밝혀 준 은인이자 컨텐츠랩 비보의 수장으로, 번듯하게 성공한 사업가 아니던가! 그런 은이 언니를 실제로 볼 수 있다니.

몇 번의 망설임 끝에 언니를 보러 가기로 했다. 내가 아무리 집순이라지만 이 절호의 기회를 놓칠 순 없었다. 헐레벌떡 홍대로 달려갔다. 일찍 도착했건만 서점 앞은 이미 인산인해. 빠른 걸음으로 대기 줄 끝에 선 후, 그 광경을 바라보았다. '암, 은이 언니 정도라면 이래야 마땅하지.'

그러나 의욕과 달리 날은 덥고, 기다림은 지루했다. 허약한 손부채로 땀을 식히며 주변 사람들을 관찰했다. 삼삼오오 모인 친구들, 어린 딸과 함께 온 엄마, 지긋한 중년의 아저씨 등등. 모습도 연령도 다양한 사람들이 같은 마음으로 은이 언니를 기다리고 있었다. 나처럼 <비밀보장> 팟캐스트를 듣고 팬이 된 땡땡이(애칭)들이 많았고, 굿즈 티셔츠까지 갖춰 입고 열성을 내뿜는 사람도 있었다. 대기한 지한 시간이 흘러도 누구 하나 불평하지 않았다.

기다리는 동안 앞선 사람들의 이야기를 건너 건너 들었다. 이렇게 늦어지는 게 은이 언니가 팬들의 이야기를 다 들어주고, 사인도 해주고, 사진도 찍어줘서란다. 나도 은이 언니랑 얘기도 하고, 사인도 받고, 사진도 찍어야 하는데…. 예정된 종료 시간이 다가오자 초조해졌다. 대충 세어봐도 내 순서는 안정권이 아니었다.

더디게 내 차례가 다가왔다. 비로소 창문 너머로 은이 언니의 모습이 보였다. 단번에 마음이 환해졌다. 수고가 싹 가시는 느낌. 과연 사람들의 말처럼 언니는 팬들과 대화도 나누고, 사인도 해주고, 사진도 찍어주고 있었다.

선물을 가지고 온 사람, 사연을 얘기하는 사람, 볼 하트를 요청하는 사람. 각양각색의 팬들과 언니는 짧은 시간 동안 최선을 다하고 있었다.

서점 안으로 들어서며 고민했다. '무슨 말을 하면 좋을까? 나도 마음을 표현하고 싶은데. 괜히 두서없이 얘기했다가 뒷사람들 기다리는 시간만 더 길어지면…' '나도 언니랑 볼 하트 반쪽씩하고 사진을 찍어 볼까? 안 되면 손 하트라도?' 바로 앞 손님들이 은이 언니와 도란도란 얘기하는 모습을 보며 터질 것 같은 가슴을 부여잡았다.

드디어 내 차례.

"보고 싶었어요."

언니 앞에 서자마자 고백이 튀어나왔다. 개미 눈물만큼 작은 목소리였다. 언니는 너그러이 내 주접을 받아주었다. 그 후론 달리 떠오르는 말이 없었다. 서점 스태프분이 책값을 계산하는 동안 은이 언니와 사진을 찍었다. 다행히 브이까지는 했다.

"이름이 뭐예요?"

언니가 다정한 목소리로 내 이름을 물었다. 이제 '시옷 님에게'라고 적고 휘리릭 사인을 하면 내 시간은 끝난다.

"저기, 손… 잡아봐도 될까요?"

질렀다. 이런 걸 질렀다고 표현해도 될지 모르겠지만 아무튼 질렀다. 이대로 돌아가기엔 너무 아쉬웠다. 우리가 어떻게 만났는데.

"그럼~!" 언니가 웃으며 말했다. 나는 두 손을 내밀어 언니 손을 꼬옥 잡았다. 그것으로도 모자라 맞잡은 손을 흔들었다. 남들보다 2배 짧았던 나의 시간은 그렇게 막을 내렸다.

집에 돌아가는 길. 꿈같았던 만남이 벌써 아련했다.
그래도 선명히 기억나는 한 가지.
은이 언니의 손은 실로 작고, 따뜻하고, 까슬했다.

고백은 이렇게

사랑 고백을 적극 권장하는 나도

엄마 사랑해~

울 냥이들 사랑해~

차마 입이 떨어지지
않을 때가 있다.

그룹채팅

잘 가!

오늘 재밌었다~
다들 조심히 들어가고!

＋ 친구들아 사... 4... 사... ☺ ↑

그리고

엄마아들 ✏

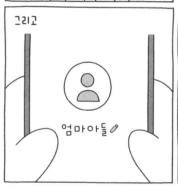

오늘의 용기

'오늘의 용기' 챌린지를 시작했다.

오늘의 용기 챌린지란
하루도 빠짐없이 용기를 내고

그 일을 기록하는 것이다.

예를 들면

🔥 인스타그램 디엠에 답장을 했다

누군가 스토리에
회원님을 태그했습니다.

고맙습니다♡

🔥 상점에서 물건 위치를 물어보았다

저기 딱풀은
어디에...

용기와 오지랖 사이

이것은 용기일까 오지랖일까

2층은 마감했어요

앗 네!

!

스윽-

말할까 말까...

저... 2층은 마감했대요!

아 그래요?

수영장 회식

    수영을 다닌 지 두 달째. 초급반에서 중급반으로 올라가자마자 회식이라는 비보를 들었다. '회식?' 이 얼마 만에 들어보는 단어인가. 프리랜서가 된 후로, 회식은 나에게 전설과도 같은 것이었다. 미처 마음의 준비를 못 한 나는 안절부절못했다. 아니 마음의 준비를 했더라도 괜찮진 않았을 것이다. 가야 할지 말아야 할지 절체절명의 고민이 시작되었다.

    회식은 자유수영을 하는 날로 정해졌다. 우리 수영장에는 월말에 강습을 하지 않고, 각자 연습하는 전통이 있었다. 어차피 수영하러 모일 거니까 그 김에 운동을 빼먹고 놀자는 것이었다. 집합 시간은 수영 강습 시간인 저녁 7시, 집합 장소도 수영장 앞.

'자, 그럼 내가 회식에 불참하고 수영을 하러 간다면 입구에서 회원분들과 떡하니 마주치겠구나.' 일단 안 갈 생각을 떠올렸다. '그런 불상사를 막으려면 미리 가 있어야겠네. 근데 다들 회식에 가고 나만 덩그러니 남아 있으면? 그냥 회식도 수영도 가지 말까?' 두 번째도 도망칠 작정을 했다. '그래도 앞으로 쭉 볼 사인데 잠깐이라도 얼굴을 비추는 게 좋겠지.' 세 번째가 되어서야 다른 마음이 들었다. 가도 문제, 안 가도 문제. 그렇다면 뭐가 더 큰 문제인가. 나는 그것을 결정해야만 했다.

수영은 계속할 것이다. 고로 회원분들과도 매번 마주칠 것이다. 그때마다 어색할 바엔 안면도 트고, 분위기도 보는 것이 나을 성싶었다. 나는 삼십 대고, 회식이라면 겪어볼 대로 겪어본 어른이니까! 당당하게 외쳐 놓곤 한숨을 푹푹 쉬며 그날을 기다렸다.

대망의 회식 날. 수영장으로 가는 발걸음이 발바닥에 껌을 붙인 것처럼 진득진득했다. 지금이라도 돌아갈까 수백 번 망설였다. 그러나 몸은 성실했고, 결국 수영장에 당도하고야 말았다. 이미 회원분들이 와글와글 모여 있었다.

늘 수모, 수경을 쓴 채로 봐서 그런지 모두 나를 못 알아보는 눈치.

"아… 안녕하세요."
어색함을 뚫고 내가 먼저 인사를 했다.
"아~ 누군가 했더니 새로 오신 분이구나."
다행히 나를 알아봐주는 이가 있었다.
"강사님은 수업 끝나고 오신대요."
알고 보니 이 회식은 강사님이 만든 자리였다. 그야말로 공식적인 회식이므로 안 왔으면 무안할 뻔했다.

자리를 이동하여 식당에 도착했다. 들어온 순서대로 앉다 보니 나는 운 좋게 구석진 곳에 안착했다. 그러나 기쁨도 잠시, 내가 앉은 테이블에 중년의 남성 회원분들이 조르륵 자리를 채웠다. 내 또래의 회원분들은 저— 먼 곳에 모여 있었다. 머리가 빙글빙글 돌았다. 안주로 나온 강냉이만 조용히 먹어치웠다.

그러나 10분도 채 지나기 전에 걱정을 접었다. 맞은편에 앉은 분은 인싸 중에서도 인싸. 워낙 분위기를 잘 주도하셔서 나는 박수 치며 듣기만 해도 되었다. 그 옆에 앉은 분도 중간중간 위트를 끼워 넣는 감초 같은 분. 어색할 새가 없었다. 운동에서 가족, 진로까지 건강하고 긍정적인 대화가 오고 갔다. '내가 어디서 이렇게 다양한 분들을 만날 수 있겠어?' 우려와 달리 재미있고, 유익했다. '수영장 회식이란 좋은 거로구나!' 의지할 수 있는 이웃이 생긴 것 같아 뿌듯했다.

그날 이후 자유수영 날엔 정기적으로 회식이 열렸다. 물론 나도 빠짐없이 참석했다. 어떤 날엔 나보다 어린 친구들의 고민을 들여다보고, 또 어떤 날엔 인생 선배의 살아있는 조언을 들을 수 있었다. 매 회식마다 견문이 넓어졌다.

그래서 이제 회식쯤 아무렇지 않냐 하면, 천만의 말씀 만만의 콩떡이다. 좋은 건 좋은 거고, 어려운 건 어려운 거다.

도와주세요

웬만한 건 혼자 하는 게
익숙하지만

도움이 필요한 일은
꼭 있다.

바쁠 텐데
연락해도 될까?

민폐 끼치는 건
아닐까?

끄응...

잠깐!
만약 나에게
도움을 청한다면?

시옷아
그날 와줄 수 있어?

low fat

A B
C

마트에서 외국인을 발견했다.

Excuse me~

Excuse me~

여러 사람의 노력에도

답을 찾지 못하고 있었다.

오지랖 발동!

무슨 일이지?

low fat ~~~
...

저지방...?

슬금

진심만 있다면

〰〰〰

　유독 가까워지기 어려운 이가 있다. 바로 나이 차가 많이 나는 사람으로 그게 위든, 아래든 다르지 않다.

　상대방이 한참 어른일 경우. '어린 내가 먼저 싹싹하게 다가가야 하지 않을까?' 이 싹싹하게라는 말은 어디서 태어난 말인가. '싹싹하다'의 이미지는 상냥하게 말을 건네고, 나서서 척척 제 할 일을 하는 것. 나에겐 이만한 골칫거리가 없다.

　우선 말을 건네는 것부터 어렵다. 또래여도 망설이는데 어른이면 무슨 말을 해야 할지 더 모르겠다. 그나마 떠오르는 것이라곤 '오늘 날씨가 좋네요. 식사는 하셨어요?' 바람 불면 날아갈 수수깡 같은 말뿐이다. 나서는 것도 나로선 쉽지가 않다. 벌써 식은땀이 흐른다. 어설프게 나섰다가 긁어 부스럼을 만들면 어쩌나. 힘들게 나섰다 해도 척척까지는 갈 길이 멀다.

한참 어린 친구들과 어울리는 것도 못지않다. '어른인 내가 대화를 주도해야 하지 않을까?' 책임감이 어깨를 누른다. 그래도 내가 오래 살았고, 밥도 많이 먹었고, 말도 더 했을 텐데. 내가 어떤 사람이든 일단 어른이면 기댓값이라는 게 있기 마련이다.

요즘 친구들은 뭘 좋아하나. 알 턱이 없다. 통할 줄 알고 유머를 던졌다가 통 모르겠다는 반응이 돌아오면 그대로 집에 가고 싶어질 수가 있다. '학교 생활은 어때? 공부는 할 만하니? 만나는 사람은 있고?' 기껏 한다는 소리가 예전에 내가 듣기 싫어했던 말이라면. 그날엔 후회로 밤을 지새울 확률이 백 퍼센트다.

그러고 보니 저절로 역지사지했다. 젊은이의 사정도 어른의 고충도 알았다. 어떤 입장이든 말 붙이기가 쉽지 않구나. 어른인 나와 젊은 내가 만나서 진땀 흘리는 장면을 상상해 버렸다. 대책이 필요하다. 누구도 곤란하지 않을 방법은 없을까. 나의 스몰 데이터를 분석해 보니⋯

먼저, 나이에 상관없이 말이 많은 사람은 꼭 있다. 그 경우엔 잘 듣자. 그거면 된다. 말을 하고 싶은 사람은 들어줄 대상을 필요로 한다. 가만히 듣고, 가끔 호응을 하자. 중요한 건 관심을 기울여 듣는 것이다. 한 귀로 듣고, 한 귀로 흘리는 태도라면 서로 시간 낭비일 뿐이다.

말수가 적은 사람을 만났다면 애써 말하지 말자. 그 상태가 나에게도, 상대방에게도 편하다. 그게 견디기 힘들다면 잠깐 자리를 피해도 좋다. 만약 피할 수 없다면 우리의 전략은 짧게, 자주 만나는 것. 짧으니까 부담스럽지 않고, 여러 번 만나다 보면 익숙해질 것이다.

마지막으로 나이의 벽을 성큼 넘을 수 있는 방법. 관심사가 같다면 나이는 눈곱만큼도 개의치 않게 된다. 다른 세대와 생각을 나누는 건 특별한 경험이다. 서로의 부족함을 메우고, 좋은 영감을 주고받을 수 있다. 같은 관심사를 찾아보자. 의외의 곳에서 나의 소울메이트를 발견하게 될지도 모른다.

그러나 관심사가 다르다고 해서 절망할 필요는 없다. 다가가고 싶은 진심이 있다면 서툴러도 괜찮다. 내가 어른이라면, 나의 마음을 살피며 말을 걸어오는 친구가 정말 귀여울 것 같다. 내가 젊은이라면, 마음을 열고 나와 소통하려는 어른이 정말 귀여울 것 같다. 진심만 있다면 뭘 해도 귀여우니까 걱정하지 말자.

내향인의 소확행

단조로운 나의 일상

흐아암 –

작업하고
산책하고

먹고
자고

특별한 일은
도통 없다.

방에 릴랙스 체어
펴놓음 →

그저

올해 첫 딸기

산책길에 본 벚꽃

마침 나온 갓 구운 빵

이렇게

작은 행복이
가득할 뿐이다.

눈치는 관찰

눈치를 많이 보는 내 성격도 잘 활용하면 장점이 된다.

이거 잘 할 것 같은데 한번 해볼래?

네 ^^ 좋아요

발견했다!

고개를 돌릴 때 작은 한숨을 쉬었어

이거 먹고 해요

파이팅!

눈치를 보는 건
미세한 감정도 포착할 수 있다는 것

사람들을 행복하게
해줄 수 있다는 뜻이다.

가끔은 다른 길로

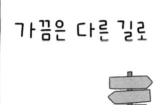

우리 동네엔 내가 자주 가는
카페가 몇 군데 있다.

그중 작업하기 편한 곳으로 가는 길

... 오늘은
다른 방향으로 가볼까?

낯선 골목에서 발견한 어느 카페

오?

하지만

나는
가려던 곳이 있으니까

나 홀로 제주

나 홀로 제주 여행을 떠난 적이 있다. 3박 4일, 뚜벅이 여행으로. 내가 혼자 여행을 간다고 했을 때 가까운 사람들은 말했다.

"네가? 에이~ 말도 안 돼"

나름 혼자 잘 논다고 생각했는데 주위에서 보기엔 영 아니었나 보다. 타인의 눈엔 나는 홀로 제주도도 못 갈 정도로 겁 많고, 행동반경이 좁은 사람이었다. 워낙 입을 모아 말하니 나도 홀라당 넘어갈 뻔했다. 하지만 걱정하면서도 항공권을 결제했고, 숙소도 예약했다. 게스트하우스지만 방은 1인실로. 여행객들끼리 왁자지껄 어울리는 곳도 있다지만 거리를 지키는 조용한 곳으로. 대중교통으로 편히 갈 수 있고, 조식도 주고, 후기도 좋은 그런 곳을 선택했다.

이십 대의 마지막 겨울. 단출하게 짐을 싸서 제주로 출발했다. 날씨는 화창했고, 걷기에도 딱 좋았다. 도착하자마자 공항 근처 식당으로 향했다. 제주에서 혼자 먹는 첫 끼. 서울에서야 혼밥쯤 아무렇지 않지만 여행지에서는 느낌이 사뭇 달랐다. 전복 뚝배기를 시켜 놓고 그 순간을 기념하기 위해 밥상을 한 컷, 내 얼굴도 한 컷 찍었다. 부끄러우니까 찰칵 소리가 나지 않는 앱으로.

혼자 하는 여행은 적막하기 이를 데 없었지만 해방감은 충만했다. 눈치 보지 않고 하루 종일 이어폰을 껴도 된다. 다른 사람의 의향과 상관없이 발길 닿는 대로 가면 된다. 멈추고 싶을 때 멈추고, 하늘을 올려다보고 싶을 때 올려다보고, 울고 싶을 때 울어도 된다. 당시는 실연을 당해 무척 슬펐던 때였으므로 나는 걷다가 울고, 밥이 맛있어서 울고, 풍경이 멋있어서 울었더랬다. 눈이 통통 붓고, 코가 빨개져도 상관없었다. 나는 혼자였으니까.

제주도의 대중교통은 여유가 넘쳤다. 지역 교통 앱을 깔고, 만반의 조사를 했음에도 예상은 빗나갔다. 거기에 길치인 나의 힘도 한몫해서 나흘 중 나흘을 방황했다. 반대 방향의 버스를 타기도 하고, 오지 않는 버스를 하염없이 기다리기도 했다. 그러나 평소라면 불운이었을 이 모든 일이 나 홀로 여행엔 행운이었다. 길을 헤매도, 목적지에 닿지 못해도 불평하는 사람은 없었다. 나는 우연에 기대어 마음껏 걸었다. 차를 탔으면 못 보고 지나쳤을 수많은 풍경과 마주쳤다. 골목을 누비며 제주의 정취를 가슴에 담았다.

겨울 제주의 낮은 짧고, 해가 지면 할 게 없었다. 저녁에는 숙소로 돌아와 하루를 갈무리했다. 마침 게스트하우스에서 매일 밤 8시에 영화를 상영했다. 넓고 흰 외벽에 빔 프로젝터를 쏘는 것인데 따뜻한 날엔 마당에서, 추운 날엔 복도의 큰 창을 통해서 관람할 수 있었다. 맥주 한 캔을 준비해 놓고 창밖을 바라보았다. 첫날의 영화는 <라라랜드>. 완벽한 밤이었다.

이튿날엔 나처럼 혼자 온 숙박객이 있었다. 그분은 맥주에 과자까지 구비했다. 그날의 영화는 <어바웃 타임>.

"이거 드세요." 영화 시작 전, 옆자리 숙박객이 나에게 과자를 한 움큼 밀어주었다.

"고맙습니다." 그렇게 한마디씩만 나누고 우리는 더 이상 아무 말도 하지 않았다. 그 고요가 어색하지도, 불편하지도 않았다. 우리는 같은 장면에서 함께 눈물을 흘렸다. '저분은 무슨 사정이 있을까?' 궁금했지만 묻지 않았다.

3박 4일 동안 하루에 관광지 두 곳, 식당 두 곳을 누비며 열심히 걸어 다녔다. 입을 거의 떼지 않고, 오로지 글만 썼다. 나에게는 일기를, 친구에게는 편지를. 사진도 부지런히 찍었다. 내 얼굴, 내가 딛고 있는 제주, 다시는 없을 하늘.

내 인생 여행을 꼽자면 소박했던 이 제주 여행을 빼놓을 수 없다. 지금도 생생하게 기억난다. 정처 없이 걸었던 시골길, 그때 들었던 음악, 맛있는 음식을 먹고 별안간 울음이 터졌던 일, 파란 하늘을 수놓은 풍차, 슬픔을 추스르고 했던 다짐. 온 순간이 나에게 스며든 건, 혼자이기에 가능했다.

그림 수업

시옷 님 그림 그리기 클래스를 하면 어때요?

네?

내 생애 누군가를 가르칠 일은 없다.

아휴 제가 어떻게...

아니 그런 줄 알았다.

불안하다...

지난여름. 전화 한 통을 받았다.

작업 겸 제안 드리고 싶은 것이 있는데요...

나의 캐릭터 그리기 수업을 해보는 건 어떠세요?

좋아요!

... 네??

... 네????

덜컥 승낙해 버렸다.

감사해요~~

꺄악...!!!

내 용기의 근거는
이러했다.

언젠가 할 거 같은데?
그럼 지금 하면 되지 않나?

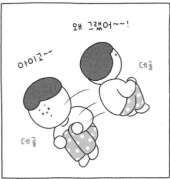

왜 그랬어~~!

아이고~~

데굴

데굴

남은 기간 동안
열심히 수업 자료를 준비하고

줄기차게 발표 연습을 했다.

화면 잘
보이나요?

...

꼴 때리는 나
〰〰〰

풋살을 시작했다. 내가 공을 찬다니 난데없지만 사실 하고 싶은 지는 오래되었다. SBS 예능 프로그램 <골 때리는 그녀들>을 보고 꿈을 키웠으니 일 년도 더 되었다. 옛날 사람이라 풋살은 남자만 하는 줄 알았는데, 온몸으로 부딪치는 골때녀들을 보니 그게 아니었다. 그녀들의 진심 백 프로에 나도 가슴이 뜨거워졌다. 성장해 가는 모습도 어쩜 그렇게 멋있는지. '저건 해야 해…!' 가만히 앉아 있을 수가 없었다.

그러나 급한 마음과는 달리 풋살을 하려면 여러 관문을 넘어야 했다. 우선 신체적 문제가 발목을 잡았다. 이십 대에 무릎을 다친 이후로, 뛰어본 지 오래였다. 체력이 약해서 걷는 것도 시원치 않건만 풋살이 가당키나 한가.

의사 선생님도 무릎을 오래 쓰려면 뛰거나 점프를 하는 운동은 자제하라고 했다. '내가 할 수 있을까?' 겁이 났다. '하지만 오늘 못하면 내일이라고 할 수 있겠어? 내 인생에서 지금이 가장 젊은데!' 가볍게 달리기부터 해보기로 결심했다. 달릴 수 있는 몸이라면 분명 풋살도 해낼 수 있을 테니까.

처음엔 걷듯이 뛰었다. 쿵-쿵. 무릎에 무게가 실리는 느낌이 생경했다. '달리는 건 이런 기분이구나.' 난생처음도 아닌데 스치는 바람의 속도가 낯설었다. 그대로 10분을 달렸다. 다리에는 금방 무리가 왔다. 그러나 마음만은 상쾌했다. '나도 뛸 수 있어!'

조금씩 거리와 속도를 높였다. 나의 실력은 차츰차츰 늘어, 어느새 30분을 쉬지 않고 달릴 수 있었다. 어떤 날엔 전속력으로 달려보기도 했다. 달리기로 숨차 보는 게 얼마 만인지. 학생 시절 체력장에서 했던 오래달리기가 생각났다. 목이 타는 느낌은 틀림없이 그때의 감각이었다.

내친김에 축구공을 사서 한강 운동장으로 갔다. 달

리고 나니 풋살도 할 수 있다는 자신감이 생겼다. 그간 <골때녀> 시청자로서 쌓은 관록을 믿고, 이리저리 패스를 하고, 슛도 해보았다. 안 봐도 알 수 있었다. 내가 몸치라는 것을. 몸은 말을 듣지 않았고, 내가 찬 공에는 힘이 하나도 없었다. <골때녀>를 보며 내뱉었던 말이 맴돌았다. '아니 그렇게 하면 안 되지. 저기로 패스 해야지!'

혼자 연습하는 것에도 익숙해질 즈음. 이제는 때가 되었다고 판단했다. 무릇 풋살이란 사람들과 함께하는 것. 잘 하는 분들에게 배워도 보고, 같이 뛰어도 보고 싶었다. 동네에 모임이 있는지부터 알아보았다. 알아본다고 해서 가는 건 아니라며 콩콩 뛰는 가슴을 다독였다. 검색해 보니 생각보다 많은 팀이 있었다. 그러나 대부분 나이 제한이 있는 것 아닌가. 나는 그 제한을 초과하거나 간신히 일이 년의 여유가 있을 따름이었다. 안 그래도 사람들과 섞이는 게 걱정스러운데 나이까지 걸리다니. 내가 갈 곳은 아닌가 보다 생각했다.

하지만 골때녀들은 갈수록 진화했고, 나의 열망도 좀처럼 꺼지지 않았다. 슬그머니 모임 앱을 켰다. 뒤져보니 나이 제한이 없는 곳도 더러 있었다. 그중 한 곳은 나보다 더 언니도 현역으로 활동하는 팀. '이곳이다!' 뒤돌아보지 않고 전진했다.

일정에 맞춰 풋살장을 찾았다. 형식은 삼 대 삼, 혼성 경기. 가자마자 연습도 없이 경기를 한다고 했다. 보아하니 다른 사람들은 나보다 어리고, 이미 여러 번 참가해서 익숙한 듯했다. 모두 중앙에 모여 스트레칭을 하는 동안 혼자 구석에서 몸을 풀었다.

"저는 오늘 처음이라 구경한다 생각하려고요."
운영진에게 말했다.
"에이 괜찮아요~! 그냥 공만 따라다니면 돼요!"
그렇게 다짜고짜 인생 첫 풋살 경기를 했다.

2시간 동안 나는 진짜로 공만 쫓아다녔다. 세어 보진 않았지만 아마 백 번 헛발질을 하고, 백 번 공을 뺏겼을 것이다. 혼자 하는 것과 차원이 달랐다. 젊은이들 사이에서 뛰려니 체력도 달렸다. '하지만 최선을 다했어.' 목에서 피맛이 날 만큼 했으니 미련은 없었다. 마지막엔 어부지리로 한 골을 넣기도 했다. 처음 맛본 골맛은 달콤하고, 짜릿

했다.

경기가 끝난 뒤엔 다들 옷가지만 챙겨, 밝게 인사하고 헤어졌다. '번개로 모여서 통성명도 없이 게임만 하고 흩어지는구나. 이게 요즘 문화인 건가. 쿨하고, 편하네!'

집에 돌아와 냉수를 벌컥벌컥 들이켰다. 그리곤 바닥에 주저앉아 양말을 벗는데 엄지발톱에 새까만 멍이 들어 있었다. 이 나이에 이 꼴이 되다니…

"이건 영광의 상처다!"

소리치며 웃었다. 정말로 그 멍은 용기 낸 나에게 주어진 훈장이었다.

그 뒤로 풋살 경기에는 한 번도 참가하지 않았다. 역시 모르는 사람들과 어울리는 건 정신적 소모가 엄청난 일. 쿨하다고 해서 쉬운 건 아니니까. 경기를 해본 것에 후회는 없다. 다시 가지 않은 것에도 자책은 없다. 이왕이면 해보고 해봤는데 아니면 안 해도 된다. 멍들면서 깨달은 교훈이다.

내향인은 귀여워

랜선 모임을 주최했다.

어색   안녕하세요~

어색

우리 자기소개부터 할까요?

\ 앗...! /   \ ! /

...   주저

주저

그럼 음... ○○ 님부터

앗 네!

귀 기울여 듣고

끄덕

끄덕

배려하며

아고 죄송해요

아니에요 먼저 말씀하세요~

서로 응원하는 내향인

파이팅!

얍-!

이것으로 확신하게 되었다.

...

내향인은 귀엽다.

귀여운 것이 분명하다.

너 나 우리

가끔

내 그림일기를 본 내향인들이
메시지를 보낸다.

저도 내향적이라
같은 고민을 했었어요

오늘 이야기를 보고
위로받았습니다
고맙습니다

자존감 낮고 소심한
제 모습이 싫었어요

...

하지만 저에게 강인한
내면이 있다는 걸 알았습니다

우리 할 수 있는 걸 해요!
하루하루 행복합시다 항상 응원합니다

이 말을 건네기까지
얼마나 많은 고민을 했을까

시큰-

나의 용기가 그들에게 전해지고

그들의 용기가
다시 나에게 더해진다.

작은 용기가
우리를 구원한다.

Chapter 3

내향인 충전소

내향인의 외출법

나답지 않게
외출이 잦은 요즘

상반된 기분을 느끼고 있다.

피곤하지만 좋아

즐겁지만 힘들어 ㅠㅠ

건강한 외출을 위해
나만의 기준을 정하기로 했다.

관건은
배터리 관리!

1. 나와 결이 닮은 사람을 만난다.

편안–

애쓰지
않아도 돼...

나와 달라도 배움과 영감을 주는
사람이라면 오히려 채워진다.

일방적으로 감정을
강요하는 사람은 피할 것

나의 성향상 다 받아주므로
배터리가 급속도로 닳는다.

2. 조용하고 여유로운 공간에서
만나면 좋다.

복잡하고 부대끼는 자리는
쉽게 피곤해진다.

단, 사람이 많더라도 일정 거리를
유지하는 곳이면 괜찮다.

3. 가장 중요한 것은 외출 빈도!

월	화	수	목	금	토	일
	●	●		●		●

나가는 즉시 에너지가 떨어지므로
잦은 외출은 힘들다.

나에게 적당한 간격을 파악하고

중간중간 충전하는 시간을
꼭 확보해야 한다.

내 속도에 맞는 외출은

고요한 삶에
활력이 되어줄 것이다.

내향인의 적응법

왕내향인이 낯선 세계에
적응하는 법

소소함 주의

1. 일단 내던진다.

왔다!

고민은 넘칠 만큼 했고
이제 시작할 때라는 걸 나는 알고 있다.

에잇 모르겠다!

2. 상대방의 이야기를 충분히 듣는다.

오와... 그 분야에
관심이 있으시구나~

3. (아주) 작은 것부터 연습한다.

오늘은 나도 질문을 해 봐야지!

4. 마음처럼 되지 않더라도

결국 아무 말도 못 했네...

다그치지 말고 위로해 준다.

처음부터 잘 하긴 어렵지

괜찮아~

탁!

5. 용기를 가지고 다시 시도한다.

저 질문이 있어요~

그러면 알게 된다.

이것도 하다 보면 되는구나!

나도 할 수 있어!

내던지기

<u>⌣⌣⌣</u>

    새로운 사람을 안 만나고 살면 안 되나? 가끔 생각했다. 혼자서도 잘 놀고, 친한 사람하고만 봐도 충분한데. 하지만 낯선 이를 만나야 할 일은 일 년에 꼭 몇 번이고 생겼다. 친목이 목적이라면 핑계라도 댈 텐데 대부분은 일 때문이라 피할 수도 없었다. 요리조리 빠져나가는 것도 더는 무리. '이렇게 된 바엔 정면 돌파하자.' 작년부터 일부러 나를 어려운 자리로 내던졌다.

    시작은 '시옷 기상원정대'. 냅다 랜선 모임을 만들었다. 정원은 10명. 주 활동은 카톡으로 아침 6시엔 기상 인증을, 밤 10시엔 감사한 일을 나누는 것이었다. 늦잠 자는 버릇을 고치기 위해 겸사겸사 일을 벌인 건데 모집부터 만만치가 않았다. '만약 아무도 지원하지 않으면 어쩌지?' 10명이 정원인데 1명만 지원한다면 ㄱ 한 분도, 나도 참으로 민망해져 버리고 만다.

모집 마감일. 다행히 지원자가 10명을 훌쩍 넘겼다. 가슴을 쓸어내리며 카톡 방을 만들고, 초대 메시지를 보냈다. 이제부터가 본 게임. 어떤 인사말을 건넬지 카톡을 썼다 지웠다 몇 번이나 고쳐 썼다. 직접 보고 말하는 것도 아닌데 심장이 터질 것처럼 두근거렸다. 첫 기상 인증도, 첫 감사도 어느 것 하나 쉬운 게 없었다.

그러나 함께하는 날이 한 달, 두 달 쌓여 갈수록 대화는 점점 수월해졌다. 나중엔 대원분들의 일상을 상상하고, 감응할 수 있는 여유까지 생겼다. 멤버가 바뀌어도 어색하지 않았다. '새로운 사람을 만나면 새로운 마음도 얻게 되는구나.' 소통하는 만큼 몽글몽글한 다정이 차올랐다.

다음에는 난도를 높여 오프라인 모임에 참여했다. 한 달간 매주 한 번씩 만나는 독서 모임이었다. 이건 시옷 기상원정대와는 차원이 달랐다. 대면해야 하고, 구성원 정보도 사전에 알 수 없었다. '내가 입을 한마디라도 뗄 수 있을까?' 자진해서 신청해 놓고, 긴장감에 고통스러웠다.

1주 차 모임. 아니나 다를까 자기소개부터 난관이었다. 안녕하세요, 하자마자 목소리가 사정없이 떨렸다. '많이 긴장하면 내가 이 정도로 떠는구나?' 말을 하면서 실시간으로 놀랐다.

'그렇다면 일단 듣자.' 눌변인 나의 전략을 잘 듣는 것으로 정하고, 모임원들의 이야기를 열심히 들었다. 같은 책을 읽었는데도 어쩜 생각이 다 달랐다. 풍부한 경험담을 들으며 다른 이의 시야에 나를 빗대어 보았다. 그전에는 알아차리지 못했던 나의 부족함을 실컷 반성했다.

장장 3시간 동안 이어진 토론은 처음의 걱정이 무색하게 아주 즐거웠다. 바들바들 떨리던 목소리도 모임을 거듭하며 점차 평정을 찾았다. 능숙하진 못했지만 하고 싶은 말은 했으니 만족. 그렇게 4주가 여름방학처럼 반짝 끝이 났다. 나의 세계가 한 뼘 넓어진 기분이었다.

그 후, 나를 내던지는 일은 꾸준히 하고 있다. 새로운 만남은 여전히 떨리고, 피할 수 있다면 피하고 싶다. 하지만 내가 어떤 사람과 있어야 즐거운지, 얼마나 만나야 편해지는지 다 겪어 봐야 알 수 있는 일. 혼자 내면을 다지는 것만큼 다양한 사람을 만나 굴곡을 만드는 것도 중요하다는 걸 이제는 안다. 어렵지만 그 이상의 기쁨이 있다는 것도.

도망가자

혼자일 땐
괜찮은 것들도

좋아 좋아
만족~!

비교 대상이 생기는 순간
못나 보인다.

하지 말자고 백번 다짐해도

제발~~
나만 힘들어진다고

돌아서면 어느새
저울질하고 있는 나

다들
반짝반짝 빛나네..

그 생각을 도저히 이길 수가 없어서

글쎄
걔는 벌써~

그에 비해서
너는 좀...

나는 가능한 멀리
도망치기로 했다.

같이 가~

오지 마! 저리 가!
으아아아-!

때론 추월당하고 붙잡히기도 하지만

괜히 힘 빼지
말고 들어 봐

내가
인스타에서 봤는데~

이 열등감은 나를 굴복시키지 못한다.

이눔 시키!!

꺅-!!

오히려 달리게 하는 연료가 될 뿐!

우주까지 힘껏 도망쳐

나에게 몰두하기로 했다.

내향인이
속상할 때

유난히 마음이 고단한 날

하루 종일
속상함에 휘둘리다 보면

핑-

문득 억울해진다.

이 기분이 뭔데
내 신성한 하루를 방해해?

그렇다고 화를 낼 순 없다.

탁!

다만

나만의 방식으로
기분을 대한다.

내 마음 시큰한 곳을 꺼내어

뒤적

뒤적

툭-!

고이고이 접고

훠이- 날려보낸다.

잘 가- 안녕!

거절할 용기

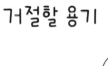

거절은 어렵다.

> 시옷 님 이것 좀 부탁드려도 될까요?

사실은 미움받을 용기가
없는 걸지도 모른다.

> 어떡하지...
> 다음 달까지
> 여유가 없는데

거절했을 때
상대방의 반응이 두렵다.

> 안 돼요?
> 저번엔 해주시더니...
>
> 사람이 변했네

내가 참는 게
낫지

절레

절레

하지만 가끔 이런 나를
이용하는 사람이 있다.

모르는 게 아니다.

23:54

메일 이제 봤네
내일까지 수정…

너도 나도

꾹 누른 마음은
돌고 돌아 나를 향한다.

아프네…

나를 지키기 위해
거절해야 해

토독   토독

나에게 남을 사람은

죄송해요
다음 달까지
일정이 있어서요

그럼에도 내 곁에 있을 것이다.

어머 그렇군요!

제가 도와드릴 건
없나요?

차단하시겠습니까

퇴사한 지 얼마 되지 않았을 무렵. 자꾸 전화가 왔다.

"이 문서 어떻게 처리해? 내가 하니까 잘 안 되네. 와서 도와줄 수 있을까?" 같이 일했던 상사가 내가 떠난 후 고생을 하는 것 같았다. 처음 한두 번은 괜찮았다. 정든 곳이고, 아끼는 일이었으니 잠깐 도와주는 것쯤이야. 그러나 한 달이 지나도 끝날 기미가 보이지 않자 점점 억하심정이 생겼다.

"적당히 끊어낼 줄도 알아야지. 언제까지 계속할 거야?" 내가 이직한 후에도 전전 직장 일을 돕고 있을 때 그가 선배로서 조언해 준 말이었다. "까먹은 거냐." 그대로 돌려주고 싶었지만 입으로 옮기진 못했다.

결국 나는 그 일이 마무리될 때까지 그만둔 회사에

들락날락했다. 전전 직장에서도, 전 직장에서도 적당히 끊어내지 못한 내 탓이었다.

그뿐만이 아니었다. 얼마 되지 않는 급여로 근근이 버티던 시절. 친한 동생이 30만 원을 빌려 달라고 했다. 지금도 큰돈이지만 당시엔 없으면 오금이 저릴 정도의 금액이었다. 하지만 월급을 받으면 갚는다고 했고, 절친했으니까. 동생을 믿고 돈을 빌려 주었다.

몇 주 뒤 약속한 날. 연락은 없었다.

'얼마나 지나고 연락을 해야 재촉한다는 느낌이 없을까?' 그 와중에 동생의 기분을 살폈다. 다시 몇 주가 흐르고, 고민 고민 끝에 메시지를 보냈다.

"언제쯤 돈을 보내줄 수 있어?"
"임금이 밀리고 있어서… 받자마자 바로 보내줄게. 미안해 언니!"

다음 약속일에도 동생은 연락이 없었다. 내 돈인데 내가 아쉬운 입장이 되었다. '그래, 진짜 월급을 못 받았겠지. 본인은 얼마나 속상하겠어?' 사정이 있겠거니, 기다리면 연락이 오겠거니 나는 동생을 변호하며 속앓이를 했다. 그러는 동안 동생의 SNS엔 잘 먹고 잘 노는 사진이 올라왔다. 나중에 동생 직장 소식을 건너 듣기로, 임금은 한 번도 밀린 적이 없다고 했다. '아. 너에게 나는 그 정도였구나.' 허탈했다.

다행히 동생이 내 돈을 떼먹진 않았다. 그러나 불행하게도 그 후에 또 돈을 빌려 달라고 했고, 나는 거절하지 못했다. 이미 기대할 것 없는 관계인데 나는 인연을 끊지도, 품지도 못한 채 질질 끌었다. 미움받는 게 무서웠다. 상대방을 헤아리기 전에 내 마음을 먼저 보살폈어야 했는데. 하지만 미련한 나라도 이것만큼은 제대로 알고 있었다. '날 이용해 먹은 너네들이 잘했다는 것도 아냐?'

최근에는 동생이 결혼 소식을 전해왔다. 얼굴 안 본 지 6년이 넘었다는 건 알까. 학습 효과로 상사의 연락처는 진작 삭제했고, 동생은 축하한다는 답을 한 뒤 차단했다. 어느 날 모바일 청첩장을 보냈을 때 내 답이 없어서 얼떨떨하려나. 말없이 차단한 건 미안하다. 하지만 그 마음을 전할 일은 없을 거고, 우리는 서로가 없어도 잘 먹고 잘 살 것이다.

내향인의 속마음

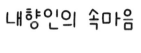

입으로 작은 돌을
툭툭 던지는 사람이 있다.

툭

토독

나는 그 사람이 미우면서도

입꾹~

내심 부럽다.

자신이 던진 돌에
내가 상처받는 걸 모르겠지?

아, 애초에
돌을 던진다는 걸
모르겠구나?

오와...
속 편하겠다~

부러워 부러워

그렇지만 나는
그 사람을 조금도 닮고 싶지 않다.

툭 투둑

상처를 잘 아니까

잘 아니까
조금의 상처도
주고 싶지 않아

타인의 마음에
무신경해지고 싶지 않다.

조심~

마법의 주문

내향인을 위한
마법의 주문이 있다.

조금씩
천천히

냥!

벅찰 땐
이 주문을 외우면 된다.

콩!

친해지고 싶다...

조금씩
천천히

어엇!?

슬쩍~

단숨에 절친이 되는 건 어려워도
조금씩 천천히 다가가는 건 할 수 있다.

안녕하세요

이번 일
꼭 잘 해내고 싶어

... 근데 뭐부터
해야 하지?

조금씩
천천히

뿌드등!

한 번에 잘 하지 않아도 된다.

조금씩 천천히

무엇이든 해낼 수 있다.

고롱 고롱

적응 쿨타임

학창 시절 내가 친구들과 친해지는 데 걸린 시간은 평균 6개월, 즉 한 학기가 걸렸다. 이 사실을 깨달은 건 성인이 된 후. 봄에 떠났던 소풍은 하나도 즐겁지 않았고, 가을에 했던 운동회는 늘 신났던 것으로 추정한 결과다.

적응 기간이 이렇다 보니 새 학년으로 올라가는 건 매번 곤욕이었다. 1학기는 낯가리다가 끝나고, 2학기에 어렵사리 적응하면 반이 바뀌는 것이었다. 어쩌다 빨리 친해진 적도 있었다. 그러나 '평균' 6개월이라는 건 그만큼 오래 낯가린 때도 있었다는 뜻. 나의 절친들과 졸업하고 나서야 막역해진 것도 그 반증이라 할 수 있다.

이 적응 쿨타임은 어른이 돼도 달라지지 않았다. 어떤 곳이든, 무슨 일이든 마음을 붙이려면 진득한 시간이 필요했다. 낯선 사람과 친구가 되는 것도 마찬가지. 어떤 사람인지 파악해야 하고, 파악한 게 맞는지 겪어도 봐야 하고, 그래서 오래 두고 볼 사람인지 판단해야 했기 때문이다.

그러나 나도 마냥 손 놓고 있진 않았다. 적응 기간을 줄이진 못했어도 그 시간을 대하는 태도만큼은 개선해 온 것이다. 낯선 곳에서 홀로 표류할 때 도움이 됐던 팁 두 가지.

첫째, 나의 적응 기간을 아는 것. 내가 적응하는 데에 오래 걸린다는 사실을 몰랐을 땐 불안해지기 일쑤였다. '다른 애들은 빨리 친해지는데 나는 왜 이럴까. 내가 모자란 사람인가…?' 이렇게 자책으로 이어지기도 했다. 그러나 나의 적응 기간을 알고 나선 '아직은 때가 아니야' 하고 기다릴 수 있었다. 물론 안다고 해서 슬프지 않은 건 아니지만, 알고 모르고의 편안함은 시몬스 침대처럼 다르다는 것.

둘째, '마음 맞는 친구 한 명만 있으면 어디서든 버틸 수 있다'가 나의 생존 전략이었다. 특히 이 전략은 사회생활을 할 때 큰 도움이 되었다. 아무리 일이 어렵고, 상사가 개똥같아도 터놓고 얘기할 수 있는 사람 한 명만 있으면 적응할 수 있었다.

그렇다면 잘 맞는 친구는 어떻게 찾았느냐. 이건 논리적인 설명이 어렵다. 왠~지 말을 걸고 싶은 사람, 어떤 사건이 생겼을 때 눈이 딱! 마주치는 사람, 아무도 안 웃는 유머에 같이 빵~ 터진 사람. 그러니까 오감에 육감까지 동하는 사람이라고나 할까. 물론 여기에도 예외는 있었다. 한 집단에 나와 잘 맞는 사람이 한 명도 없었던 경우. 겉으론 잘 어울리는 척 하하 웃고 있었지만 실은 괴로웠다. 떠날 때까지 붙인 정이 1도 없다는 건 나만 아는 비밀.

혹시 지금 맴돌고 있을 사람을 위해 위로를 보태자면 나에게 잘 맞는 곳, 잘 맞는 사람은 반드시 있다. 그곳이 아니면 저곳엔 있을 것이다. 만약 이것도 저것도 다 안 되면 혼자 하면 된다. 그러니 좌절하지 말자.

실패는 내 친구

실패

조회 수↓
클릭 ↓
수신거부↑

바라만 봐도
기분이 언짢아지지만

알고 보면
실패가 나쁜 것만은 아니다.

실패했다는 건

그전에 시도했다는 것이고

해봤으니까

다음엔
더 잘할 수 있다는 뜻

10번 넘어지면

11번 일어나면 된다.

그 정도 힘은
우리에게 있다.

그냥 한 문장

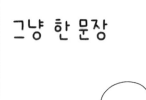

울고 싶을 땐

그냥 웁시다.

실망하기 싫다면

여전하구나..

그냥 기대하지 맙시다.

그래 누굴 바꿀 수
있다고 생각하는 건
환상이야

각자 잘 삽시다

미안하다면

그냥 사과합시다.

보고 싶다면

그냥 연락합시다.

달라지고 싶다면

그냥

시작합시다.

내향적이어서
좋은 일

어렸을 때부터 줄곧
화려한 예술가가 되고 싶었던 나

가수

발레리나

피아니스트

작곡가

자라는 과정은 나의 꿈을
하나씩 접어가는 여정이었다.

가수

발레리나

피아니스트

작곡가

본능적으로 알았던 걸지도

재능이 없기도 하지만
나에게 맞는 옷은
아닌 듯...?

그래도 나는 변함없이
창의적인 일을 꿈꿨다.

내가 할 수 있는 건 없을까?

글도 그림도 다 할 줄 몰랐지만

오와... 이런 세계가 있구나!
나도 해보고 싶다...

선물 받은 만화책

무턱대고 그림일기를 시작했다.

일기는
내 일상이니까

사각   사각

그리고 가볍게 생각한 일이
지금은 업이 되었다.

돌고 돌아
내 자리를 찾아왔어

내 안의 세상을
꺼내는 방식이 다를 뿐

목적지는 같다.

나는 나에게 어울리는
도구를 찾은 거지

내향적이어서 좋은, 나만의 방법으로
창의적인 일을 하면 된다.

은은하게 빛나는
사람이 되는 거야

내가 할 수 있는 일

고등학교 졸업을 앞둔 겨울. 서울 모 대학교 영화과에 합격했다. 영화에 큰 뜻이 있어 지망한 것은 아니었다. 당시 하고 싶은 게 없었고, 영화 보는 게 취미였고, 점수가 맞아서 썼던 것이다. 순전히 재밌겠다 생각한 게 다였다. 실기도 없는 전형이라 나는 하루아침에 영화학도가 되었다. 행운인지 불행인지는 지금도 모르겠다.

교내 OT 날. 이른 아침 고속버스를 타고 서울에 도착했다. 같은 대한민국이건만 모든 게 낯설었다. 지하철은 꼬인 실타래처럼 복잡하고, 사람들은 썰물의 모래처럼 많고, 바빴다. 지하철 안내판을 올려다보며 멀뚱멀뚱 서 있는 사이, 행인들이 내 어깨를 팍팍 치고 지나갔다.

'과연. 서울 사람들은 눈 감으면 코 베어 간다더니.'

옛말 틀린 거 하나 없다는 생각을 하며, 잔뜩 얼어서 공지 장소로 가는 길. 이번엔 한 무리의 사람들이 카메라를 들고 들이닥쳤다.

"영화과 신입생인가요?"

"네? 네?"

"여기 보고 인사 한마디 해주세요!"

영화과 선배들이 신입생의 등장을 촬영하고 있었다. 등골이 서늘했다. 뭔가 잘못되었다는 직감이 들었다.

건물 앞은 이미 도착한 사람들로 시끌벅적했다. 심호흡을 하고, 문을 열었다. 그리고 즉시 숨이 턱 막혔다. 세상에, 태어나서 그렇게 예쁘고 잘생긴 사람들은 처음 봤다. 예쁜 애 옆에 예쁜 애. 잘생긴 애 옆에 잘생긴 애. 이리 보고 저리 봐도 눈이 부셔서 화상을 입을 지경이었다. 알고 보니 그들은 실기 시험을 보고 합격한 연기 전공 신입생들이었다. 경악한 내 귀로 사근사근한 서울말까지 쏟아졌다.

OT 프로그램은 영화과답게 무대에서 한 명씩 자기

소개와 장기자랑을 하는 것이었다. 그러나 나는 영화과다운 사람이 아니었다. 핀 조명을 받으며 원더걸스 <텔미> 춤을 추는 친구, 그걸 보자마자 자리를 박차고 일어나 호응하는 선배들. 손가락으로 하늘을 찌르는 축제 속에서 나는 지옥에 온 심정이었다. 다행히 막차 시간이 다 되어 장기자랑은 모면했지만 공포감은 사라지지 않았다. 집에 내려가는 버스 안. 서울의 야경을 보며 꺼이꺼이 울었다. 멋 낸다고 바른 마스카라가 주룩주룩 흘러내렸다.

연출 전공 친구들은 다른 의미로 열정이 넘쳤다. 마음속에 영화감독이 되겠다는 꿈이 들끓었다. 이미 예술고등학교에서 영화를 전공한 친구들도 있었다. 다들 어찌나 빠릿빠릿하고 적극적인지, 수능 공부만 하던 문과생이 올 곳은 아니다 싶었다. 입학하자마자 단체 활동과 밤샘이 이어졌다. 내향적이고 소심한 나는 좀체 적응하지 못했다. 영화도, 학교도, 사람도, 서울도 다 싫었다. 한 학기 내내 고향을 그리워하며 고독의 밤을 보냈다.

다행히 2학기부터는 마음 맞는 친구가 생겨 점점 안정을 찾았다. 그러나 영화에는 정을 붙이지 못했다. 서울

살이는 꾸역꾸역 해도 학교생활엔 소홀했다. 이 길은 내 길이 아닌가 보다 확신했다. 그래도 졸업은 해야 하니까 영화 안에서 내가 할 수 있는 일을 찾았다. 영화 연출은 역량도 돈도 많이 필요하니까 탈락. 그나마 예산을 짜고, 기획을 하는 건 괜찮을 것 같아 제작 파트를 지원했다. 그리고 그게 씨앗이 되었다.

동기, 선배의 졸업 작품에 제작 스태프로 참여한 것이 재미가 있어버렸다. 졸업을 코앞에 둔 시점. 그때의 나는 하고 싶은 게 없었고, 배운 게 영화였고, 돈이 필요해서 상업 영화 스태프가 되었다.

그러나 한계에 부닥치는 건 시간 문제였다. 영화 스태프는 내 성향과 맞지 않았다. 단기간에 수십 명과 부대끼고, 거처를 옮겨야 하며, 매 순간 변수가 있는 곳. 내가 감당하기엔 역부족이었다. 그래도 예술은 하고 싶으니까 이번에도 나는 이 안에서 내가 할 수 있는 것을 고민했다.

특별한 기술도 재능도 없는 내가 할 수 있는 것…
마지막엔 글이 남았다.

글은 혼자서 쓸 수 있다. 한 곳에서도 쓸 수 있다. 심지어 돈도 들지 않는다. 곱씹을수록 나에게 이만한 일이 없었다. 서른과 함께 백수가 된 나. 그 생각은 민들레 홀씨처럼 내 안에 날아왔다.

내향적인 내가 할 수 있는 일,
내향적인 나라서 잘 할 수 있는 일.
여기, 지금, 나는, 글을 쓰고 있다.

확언 1년 차

매일 아침
눈 뜨자마자 확언을 외친다.

확언이란
내가 바라는 모습을 힘주어 말하는 것

확언 1년 차
무엇이 달라졌을까?

첫 번째는 자신감

하지 못할 거라고 생각한 일들을
하게 되었다.

두 번째
불안도 잠잠해졌다.

괜찮아
나는 용기 있는 사람이야

물론 울적한 날도 있지만

...

그런 마음조차
빨리 회복할 수 있는 게 확언의 힘!

하자 하자!
된다!!

세 번째
나를 좋아하게 되었다.

위이잉-

주말 아침에
청소하는 나...

왕 멋있어!

나의 확언

나는 용기 있는 사람이다

나는 행복한 사람이다

나는 나를 있는 그대로 사랑한다

나는 가능성이 무한하다

나는 매일 성장한다

나는 건강하다

나의 삶은 풍요롭다

나는 부자다

나는 내 삶의 주인공이다

나는 무엇이든 할 수 있다

나는 나를 믿는다!

감사 일기

매일 밤 그날 있었던 감사한 일을 쓰고 있다. 감사 일기를 쓰면 마음이 건강해진다는 말에 시작한 것이다. '그거 한 줄 쓴다고 뭐가 달라질까?' 처음에는 반신반의했다. 쓸 만한 일도 마땅히 없었다. 감사의 마음은 누구에게 도움받을 때나 생길 텐데 일단 사람을 만날 일이 별로 없었다. 간신히 쓴 문장이라곤 이런 것들이었다.

'발 뻗고 누울 집이 있어서 감사합니다.' (내 집은 아니지만)
'삼시 세끼 먹을 수 있어서 감사합니다.' (거기다 간식도요)
'그냥… 감사합니다?'

얼마 지나지 않아 이 레퍼토리마저 고갈돼 소재를

찾아 나서야 했다. 먼저 눈에 들어온 것은 우리 가족. '그래. 나에게는 짝꿍 이웅이와 옹심이, 스치가 있구나!' 생각해 보니 내 곁에 있는 것만으로도 감사한 것 아닌가. 거기서부터 나의 감사는 조금씩 범위를 확장해 나갔다.

'우리 가족 모두 건강한 것에 감사합니다.'
'내 꿈을 듬직하게 지지해 주는 짝꿍에게 감사합니다.'
'나의 웃음을 담당하는 냥이들에게 감사합니다.'
'조건 없는 사랑을 주시는 부모님께 감사합니다.'

일상이 달리 보이기 시작했다. 감사하다 보니 감사할 거리가 눈덩이처럼 불어났다. 무심코 지나쳤던 동네 산책길도, 숨 쉬듯 당연했던 계절의 변화도, 낯선 이의 말 한마디도 다 감사했다. 또 예전 같으면 부정적으로 받아들일 일도 노력하니 감사로 탈바꿈했다. 불행한 하루에도 감사 한 줄은 써야 하니까 말이다.

'오늘은 쏟아지는 연락에 시달렸다. 잘 견뎌준 나에게 감사합니다.'

감사의 효과를 톡톡히 보고 난 뒤, 이 기운을 주변에 나누고 싶어졌다. 이응이에게 틈만 나면 말했다.

"태어나줘서 고마워."
"내 옆에 있어줘서 고마워."

자기 전에도 질문을 던졌다.
"오늘 감사했던 일은 뭐야?"
처음엔 난감해하던 이응이. 어느새 막힘없이 말했다.
"내일이 기대돼서 감사해!"

시옷 기상원정대에서도 매일 밤 감사한 일을 나눴다. 모두 기꺼이 감사 수집가가 되어 보따리를 풀어놓았다.

"드디어 취업에 성공했습니다. 감사합니다."
"저의 고민을 들어준 회사 선배에게 감사합니다."
"오늘 감사한 일은 친구들과 떡볶이를 먹은 것입니다."
"아플 때 곁에서 보살펴 준 남자 친구에게 감사합니다."
"아무 일 없이 평범했던 하루에 감사합니다."

마지막 날, 대원 한 분이 말했다.

"사실 처음엔 충격을 받았어요. 이전까진 평범한 하루가 감사할 수 있다고 생각지 못했거든요. 함께 감사한 일을 나누고, 일상의 소중함을 알게 되어 정말 감사했습니다."

또 다른 분도 말했다.

"다른 사람들은 어떤 하루를 보내고, 무엇에 감사하는지 엿볼 수 있어 좋았습니다. 소소한 일상 속에서 사소한 감사를 하는 것. 우리의 삶이 닮아 있다는 걸 알게 되었어요."

혼자서 감사하는 일도 행복하지만 함께하면 행복이 배가 된다는 것을 배웠다. 감사 한 줄을 읽는 것만으로도 온기가 가득 찬다는 것을.

힘들 때면 나는 감사에 기댔다. 얼마 전엔 감사하다는 말을 하루에 백 번 했다. 심신이 바쁘고 지칠 때엔 그 작은 단어가 힘이 되었다. '감사합니다!' 내뱉을 때마다 위로가 살랑 불어왔다.

그런 의미에서 오늘의 감사 한 줄.

"이 글을 읽고 계신 여러분, 존재만으로 감사합니다."

엄마와 나

본가에 내려왔다.

엄마~~~!!

○○역

엄마랑 꼭 붙어서 보낸 하루

드라마 한다!

저 사람이 저 아저씨 잃어버린 딸이라고?

그러니까~ 쯧쯧!

엄마 동네 카페라도 가보실라우?

아니~ 엄마는 믹스커피가 최고야

아 참! 저번에 말한 엄마 친구의 아들의 아내는 어떻게 됐다?

안 그래도~

할머니 공책

본가 TV장 위에는 내가 어렸을 적 쓰던 공책이 있다. 벌써 20년도 더 된 일명 할머니 공책. 빛바랜 색에 모서리도 해진 이 공책에는 암호 같은 단어가 적혀 있다. '흑산도, 죽도, 우이도, 뉴질랜드 오로라, 소금사막…'

엄마랑 하루 종일 집에 있었던 날. 거실에 이불을 펴놓고 TV를 보고 있었다. '뽕-뽕-' 짬짬이 모바일 게임까지 곁들이는 엄마. 수년째 같은 게임만 하는 엄마를 보며 말했다.

"엄마. 나는 일주일 내내 집에만 있으라고 해도 괜찮을 거 같다. 도대체 지겹지가 않네."

"나도." 엄마가 웃으며 말했다.

'역시 그 엄마에 그 딸이군.' 흐뭇해하고 있던 그때.

"근데 엄마는 인자 밖으로 나가고 싶다. 딴 사람들이 경험한 거를 엄마는 모르는 기 아쉽다."

게임 이벤트 룰렛을 돌리며 엄마가 말했다.

평생 일만 한 엄마는 느긋하게 여행을 가본 적이 없었다. 주말에 근교로 나들이 가는 게 최선이고, 그마저도 잔업으로 지쳐 못 가는 날이 많았다. 장롱면허라 운전자 없이 장거리 여행은 무리. 시간도 돈도 없어서 해외여행은 상상에서나 가능했다.

그러나 엄마는 단념하지 않았다. 기약 없는 와중에도 여행을 꿈꿨다. 일일 연속극에서 아이돌 음악 프로그램까지, 엄마의 화려한 TV 꾸러미 속에는 여행 프로그램이 빠지지 않았다. 몸은 집에 있어도 마음은 TV 속 여행가와 동행했다. 그러다 꼭 가고 싶은 여행지가 있으면 할머니 공책에 휘리릭 써 둔 것이다. '흑산도, 죽도, 우이도, 뉴질랜드 오로라, 소금사막…' 건망증이 심한 엄마가 언제든 꺼내 볼 수 있도록.

그런 엄마가 드디어 퇴직을 했다. 비정규직이었으니 정확하게는 계약 해지. 전화로 엄마의 소감을 물었다.

"엄마, 회사 안 가니까 어때?"

"몰랐는데 엄마 백수가 체질인 갑다. 한 달 만에 밤낮이 바뀌었다."

"아 그라믄 안 돼~ 건강하게 놀아야지!"

백수 선배로서 엄마에게 잔소리를 했다.

"엄마. 날 따뜻해지면 서울에 놀러 온나. 가고 싶은 곳 없나?"

"가고 싶은 데야 많지. 드라마에서 봤던 청계천도 가고 싶고, 뭐더라? 뭔 촌 한옥? 거기도 가고 싶고."

나는 웃으며 말했다. "아 북촌 한옥마을~ 좋지. 다 말해라. 내가 코스 짜 둘게."

나는 마음속 할머니 공책에 엄마의 말을 휘리릭 기록해 두었다. 시간이 허락할 때 엄마와 많은 걸 경험하자고 다짐하며.

최근에는 공책에 중국 장가계와 동남아 휴양지까지 추가되었다. 엄마와 해외여행을 가면 우리는 둘 다 내성

적이라 사람들에게 말도 못 붙일지 모른다. 그렇지만 손 잡고 풍경을 보는 것으로도, 그러다 눈 마주치는 작은 순간으로도 행복하리라. 할머니 공책에 적힌 단어들을 하나하나 지우는 장면을 그리며 생각했다.

특별한 Ⅰ

MBTI 검사를 했다.

INFJ

예상보다 더 높은
내향성에 놀랐지만

88%

히익~

전 세계 1%인 것에
흐뭇

흐흐흐
특별해

엄마도 MBTI 검사를 했다.

ISFP던가...?

내향적이라고
하던데~

에휴~ 엄마가 그래서
생각이 많고, 남한테
부탁을 잘 못했는 갑다

의외였다.

엄마 나이가 되어도
스스로를 잘 모르는구나

하긴 엄마의 삶에
자신은 없었으니...

찌르르-

엄마는 신중하잖아
그러니까 실수를
줄일 수 있지

응...

시큰둥~

어디 보자 ISFP...

오! 이 유형은 사람들한테
인기가 많은 성격이라네?

그래~?

하긴 엄마가 어디서
빠지는 성격은 아니지~

역시 그 엄마에 그 딸이다.

ㅋㅋㅋㅋ ㅋㅋㅋ

엄마와 요가

엄마가 요가를 시작했다. 주민센터에서 주 3회 열리는 수업으로 정원은 30명 내외였다. 엄마는 수강자 중에서 나이가 많은 편. 자리는 보통 숙련자가 맨 앞줄에 앉고, 그 뒤론 숙련도에 따라 눈치껏 앉았다. 울 엄마는 센스 있게 맨 뒷줄에서도 구석 자리를 차지했다. 엄마다웠다.

워낙 수강생이 많다 보니 선생님이 한 명 한 명 챙겨주진 못했다. 엄마는 영 따라 하기가 힘들었다. 젊은이들은 다리도 곧잘 찢고, 허리도 엿가락처럼 늘이는데 엄마는 뻣뻣 그 자체. 처음엔 어떻게든 해보려고 용을 썼지만 나중엔 적당히 스트레칭한다 생각하고 할 수 있는 만큼 노력했다.

어느 날은 허리를 뒤로 젖히는 자세를 배웠다. 그 동

작을 하면 시선이 뒤집힌 상태로 뒷사람의 하반신을 보게 되었다. 하지만 울 엄마의 허리는 휘지 않았다. 결국 몸을 뒤집은 앞사람과 눈이 딱 마주쳤다. 피가 쏠려 얼굴이 벌게진 앞사람은 앞사람대로, 혼자 직선을 긋고 있는 엄마는 엄마대로 민망했으리라.

또 어떤 날은 유달리 몸이 말을 듣지 않았다. 이번엔 다리를 벌리고 상체를 옆으로 숙이는 자세였는데, 엄마만 멀뚱멀뚱 앉아 있었다. 이쯤 되니 상황을 즐기기 시작했다. 홀로 엄지척처럼 솟아 있는 모습을 보고 엄마는 키키키 웃었다. 성격상 티도 나지 않는 소리였을 것이다. 그 장면을 상상하니 나도 ㅋㅋㅋ 웃음이 났다.

"잘 안 되면 선생님한테 물어보지."

"에이 되는 만큼만 하면 되지 뭐. 선생님도 정신없을 텐데."

혹시나 폐를 끼칠까 매사 조심스러운 성격이 나를 똑 닮았다. 아니 내가 엄마를 닮은 거지 참.

그런 엄마가 몹시 당황한 날도 있었다. 수업 도중에

아빠가 전화를 한 번, 내가 전화를 두 번씩이나 한 것이다. 하필 무음 모드를 깜빡한 엄마. 고요한 공간에 핸드폰 벨소리가 왈왈 울렸다. 엄마는 화들짝 놀라 전화를 찾았다. 하지만 울 엄마 순발력으론 시간이 꽤 걸렸을 터. 따가운 눈초리를 받은 엄마를 생각하니 괜스레 미안했다.

  며칠 전엔 반대로 옆자리 회원이 핸드폰을 훤히 켜 놓았다. 엄마는 그 불빛 때문에 통 집중을 못 했다.

  "꺼 달라고 말하지?"
  내 말에 엄마는 답했다.
  "다음 수업부터 자리를 옮겼다~"
  그렇게 엄마의 평화를 지켰다고.
  "엄마답네"
  나도 엄마도 전화기를 맞잡고 웃었다.

이십 대에
쓴 일기

사각

사각

사회 부적응력이
나날이 올라가고 있다.

아 네네
감사합니다

감사합니다

아니 시옷 님은
왜 계속
감사하다고 해요?

내가 이렇게 찌질했나...

어... 그게

미운 모습만 가득하다.

하하...

화끈

새 직책으로
새 사람과 새 업무를 하게 됐다.

잘 부탁드립니다

나도 '새로운 나'로
변하는 게 좋을까?

더 적극적이고, 더 쾌활하고,
더 친근한 나로?

...

사람들 속에서
혼자 둥둥 떠돌고 있는 느낌이다.

도망가고 싶어

자꾸만 나를 탓한다.
나는 죄인이 아닌데

이십 대 나에게 하고 싶은 말

내성적인 성격 탓에
부침이 많았던 나의 이십 대

만약 그때의 나를 만날 수 있다면
이렇게 말해주고 싶다.

네가 눈치 보고 신경 쓰는 사람들

그중 대부분과는 다시 볼일 없어

그렇게 자책하고
속앓이 하지 않아도 돼

또 네가 주저하는 그 일들을 해도

세상엔 아-무 타격이 없다?

그러니까 망설이지 말고
하고 싶은 거 해

너는 너인 채로

괜찮아

2021년 생일에 있었던 일

언젠가부터 생일을 특별히 챙기지 않는다. 어디까지나 '특별히' 챙기지 않는 것으로 할 건 다 한다. 미역국 밀키트를 사서 챙겨 먹고, 친구들에게는 메시지로 가족에게는 전화로 축하를 받는다. 연락은 매년 줄어서 이제는 깊게 친한 소수하고만 축하 겸 안부를 나눈다. 예전 같으면 근사한 식당이라도 갔을 테지만 그런 건 이제 귀찮다. 모든 건 집에서. 다만 일 년에 먹을 기회가 몇 번 없는 홀케이크만큼은 고심해서 산다. 우리 집 냥이들과 함께 산 이후로는 가족사진도 찍는다.

2021년 생일도 딱 그랬다. 위 의식을 다 치르고 나니 반나절도 넘게 남았다. 마침 주말이어서 마감은 없었다.

안 그래도 합법적인 휴일에 마음 편히 놀 수 있는 핑계가 하나 더. 딱 그 정도의 기쁜 마음으로 빈둥빈둥했다. 재밌다고 소문이 자자했던 애니메이션 <소울>을 보고, 침대에 누워 감동을 음미했다. '크– 좋은 날이야.'

그날 밤 책상에 앉아 일기를 썼다.

사진 속 활짝 웃고 있는 내 얼굴이 정말
즐거워 보였다.
내가 바라는 삶은 바로 이것, 소소한 행복으로
가득 찬 삶.
나를 낳아 주신 부모님께 감사하고,
가족과 친구들에게 감사하다.
또 작은 것 하나에도 행복할 줄 아는 나도 고맙다.

김시웅 잘 태어났다.

우울하고 삶에 애착이 없던 나였다. 때때로 잠이 들면 그대로 내 존재가 사라지기를 바랐었다. 오늘이 즐겁지 않고, 내일이 기대되지 않던 나날. 그랬던 내가 태어나길 잘 했다고 말한 것이다.

언제부터 행복했을까. 거슬러 올라가 보면 사랑하는 사람들이 있고, 그 안에 내가 있었다. 나에 대해 치열하게 묻고, 답하면서 나는 조금씩 나를 이해하게 되었다. '나는 내향적이어서 사람을 대하는 것이 어려웠구나. 혼자 침잠하는 시간이 꼭 필요했네.'

나에 대해 알게 되자, 나를 인정하고 사랑하는 것도 가능해졌다. '내가 잘못된 게 아니었어. 그냥 나는 나인 거야. 있는 그대로, 나인 채로 괜찮아.'

나를 사랑하게 된 후, 비로소 타인도 사랑할 수 있었다. 그리고 딱 그만큼 삶은 행복해졌다.

내향인 충전소

힘들 때 들러가세요

여기는 내향인 충전소입니다.

따링-

소심해서 귀여워

세심하고 따뜻해

영감이 넘치고

마음이 깊-은 사람

나는 그 자체로 반짝반짝 빛나!

나니까 뭐든지 할 수 있어!

나는

사랑스러운 내향인이야!